유턴지점에 보물지도를 묻다

아시아에서는 《바이링궐 에디션 한국 대표 소설》을 기획하여 한국의 우수한 문학을 주제별로 엄선해 국내외 독자들에게 소개합니다. 이 기획은 국내외 우수한 번역가들이 참여하여 원작의 품격을 최대한 살렸습니다. 문학을 통해 아시아의 정체성과 가치를 살피는 데 주력해 온 아시아는 한국인의 삶을 넓고 깊게 이해하는 데 이 기획이 기여하기를 기대합니다.

Asia Publishers presents some of the very best modern Korean literature to readers worldwide through its new Korean literature series ⟨Bilingual Edition Modern Korean Literature⟩. We are proud and happy to offer it in the most authoritative translation by renowned translators of Korean literature. We hope that this series helps to build solid bridges between citizens of the world and Koreans through a rich in-depth understanding of Korea.

바이링궐 에디션 한국 대표 소설 064

Bi-lingual Edition Modern Korean Literature 064

Burying a Treasure Map at the U-turn

윤성희

유턴지점에 보물지도를 묻다

Yoon Sung-hee

ASIA
PUBLISHERS

Contents

유턴지점에 보물지도를 묻다

Burying a Treasure Map at the U-turn

1

　분만실 밖에서 아버지는 담배 한 갑을 다 피웠다고
한다. 텔레비전에서는 한 해가 저물어가는 거리 풍경을
보여주었다. 눈발이 흩날리고 있었다. 어머니는 여덟
시간째 진통 중이었다. 아버지는 시계를 보면서 조금만
더 조금만 더, 라고 혼잣말을 중얼거렸다. 아버지는 당
신의 자식이 새해에 처음으로 태어나는 아이이길 바랐
다. 그러면 모든 행운이 자기에게로 몰려올 것만 같았
다. 가게는 몇 달째 적자를 보고 있었다. 겨울이 끝나려
면 아직 멀었는데 연탄은 몇 장밖에 남지 않았다. 때마

1

Father said he smoked his way through a whole pack of cigarettes outside the delivery room. The TV showed a street scene as the year neared its end. Snowflakes were scattering in the wind. Mother had been in labor for eight hours. Father looked at his watch and mumbled, "Wait. Just wait a little bit longer."

He wanted his child to be the first newborn of the year. He thought all the luck in the world would rush toward him if that happened. His store had been in the red for several months. Winter was

침 산부인과에서는 새해 첫 아이가 이 병원에서 태어날 경우 소아과를 무료로 이용할 수 있도록 해준다고 했다. 12월 31일 열한 시 삼십사 분에 언니가 태어났다. 삼십 분만 늦게 나왔으면 좋았을걸……. 아버지가 간호사에게 말했다. 그러자 간호사가 이렇게 대답했다. 걱정 마세요. 뱃속에 아직 한 명이 더 있거든요. 그 이야기를 들은 아버지는 시계를 보면서 조금만 빨리, 라고 외쳤다. 1월 1일 영시 삼십일 분에 내가 태어났다. 삼십 분만 빨리 나왔으면 좋았을걸 그랬죠? 이번에는 간호사가 아버지에게 말했다.

어머니는 곧 중환자실로 옮겨졌다. 아버지는 산소호흡기를 낀 어머니의 머리맡에 앉아서 어린 시절에 대해 이야기했다. 할아버지는 D시에서 꽤 유명한 나이트클럽의 사장이었다. 할아버지의 교육철학은 오직 한 가지였다. 강한 정신력! 할아버지는 한때 D시를 떠들썩하게 만든 유도선수이기도 했다. 아버지는 할아버지의 뜻에 따라 유도, 태권도, 검도를 배웠다. 여덟 달 만에 태어나 온갖 잔병치레를 하며 자라온 아버지에게 운동은 벅찼다. 운동의 강도가 높아지면 높아질수록 아버지는 점점 말더듬이가 되었다. 이상하게도 아버지의 얼굴만 보면

far from over, but they had only a few charcoal briquettes left. The hospital announced that they would offer free pediatric care to the country's first newborn if it were born in their obstetric clinic. My sister was born on December 31st at 11:34 PM.

"Would've been great if she'd been born thirty minutes later..." Father told the nurse.

"Don't worry. There's still one more to come," the nurse answered.

Upon hearing this, Father checked his watch again and hollered "A little quicker then!"

I was born on January 1st at 12:31 AM.

"Would've been great if she'd been born thirty minutes earlier..."

This time it was the nurse who said this.

They transferred Mother to the intensive care unit immediately. While she wore an oxygen mask, Father sat beside her and talked to her about his childhood. Grandfather was the owner of a rather popular nightclub in the city of D. He pushed only one virtue in raising his children: mental fortitude! He was also once a *judo* athlete who had made city D proud. Father learned *judo, taekwondo*, and *kendo* according to his father's wishes. Father was born eight months premature and grew up sickly—

입이 딱 붙어버리는 거야. 그래도 마지막 말은 제대로 했어. 전 이제 집을 나가겠어요, 다시는 돌아오지 않을 거예요, 라고. 한 번도 더듬거리지 않고 말했어. 아버지는 어머니의 머리를 쓰다듬으면서 이야기했다.

어머니는 당신이 낳은 두 딸을 안아보지 못했다. 장례식이 끝나자, 아버지는 언니를 업고 나를 안은 채 고향으로 향했다. 집을 떠난 지 십 년 만이었다. 할아버지는 여전히 나이트클럽의 사장이었다. 열심히 일하겠습니다. 이번에도 아버지는 더듬지 않고 말했다. 할아버지는 어린 두 손녀를 양쪽 허벅지에 올려놓았다. 나와 언니는 동시에 똥을 쌌고 동시에 울었다. 아이들의 울음소리를 유난히 싫어했던 할아버지는 사귀던 술집 마담에게 선물하기 위해 사둔 아파트의 열쇠를 아버지에게 주면서 말했다. 나가 살거라. 할아버지는 돌아가시는 그날까지도 나와 언니를 구별하지 못했다.

아버지는 늘 바빴다. 매일 할아버지에게 가서 전날의 영업실적을 보고해야 했는데, 그때마다 망할 자식이라는 욕을 들었다. 배다른 동생들이 각자 딴주머니를 차

sports were really beyond his ability. As the sports grew more intense, Father's stammering got worse.

"It's strange. I could never talk when I saw my father. But I said those last words just fine: 'I'm leaving home. I won't be back.' That time I didn't stutter at all." Father stroked mother's hair.

Mother was never able to hold in her arms the two daughters she'd just delivered. After the funeral, Father returned to his hometown with my sister on his back and me strapped to his chest. Ten years had passed since he'd first left his hometown. Grandfather still owned the nightclub.

"I will work hard," Father said without a stammer.

Grandfather held his young granddaughters, one on each knee. My sister and I immediately pooped and began crying. Grandfather, who especially hated the sound of babies crying, handed over the keys to an apartment he had just bought for a bar owner he was dating.

"Go. Go live with your children on your own."

Grandfather never could tell my sister and me apart until the day he died.

Father was always busy. He had to report the previous day's profits to Grandfather and every

는 바람에 나이트클럽의 경영은 좀처럼 좋아지지 않았다. 아버지에게는 어머니가 다른 동생이 일곱 명이나 있었다. 그중 한 삼촌은 가짜 양주를 제조해 할아버지의 나이트클럽에 팔아넘겼고, 또다른 삼촌은 질 나쁜 안주를 팔아 원가의 다섯 배도 넘는 폭리를 취하고 있었다. 나이트클럽에 출연하는 가수들을 소개하는 조건으로 커미션을 받는 삼촌도 있었다. 아버지는 누가 뭐라고 해도 자신이 큰형이라는 사실을 잊지 않으려 했다. 하지만 삼촌들은 그 문제에 관심조차 없었다. 제각각 어머니가 다른 그들은 어떤 의미에서 모두 큰형이었다.

우리를 키운 것은 누룽지 할머니였다. 원래는 옆집에 살던 할머니였는데, 누룽지를 너무도 좋아해서 언니가 붙여준 별명이었다. 할머니의 큰아들은 수십억의 빚을 갚지 못하고 야반도주를 했다. 그날 할머니는 동네 친구들과 꽃구경을 갔었다. 할머니의 가방에는 손자에게 주려고 산 바나나가 들어 있었다. 할머니는 자신이 살던 집 대신 우리 집 초인종을 눌렀다. 그리고 손자에게 먹이려던 바나나를 우리에게 먹였다. 누룽지 할머니는 자주 졸았다. 밥을 먹다가도 졸고, 텔레비전을 보다가도 졸고, 심지어는 화장실에서 용변을 보다가도 졸았

time his father railed at him: "Bastard!"

His half-brothers each had their cut and so business at the nightclub did not fare well. Father had seven half-brothers, each from a different mother. One of them manufactured fake foreign booze and sold it at the club. Another cooked up cheap snacks and sold them there for a fivefold profit. Yet another got commissions for recruiting singers for the nightclub. Whenever someone said anything bad about his brothers, Father would never forget that he was the responsible one, the eldest of all the sons. But his brothers didn't care. Each was his mother's eldest son.

It was Nurungji Granny who raised us. She lived next door and she loved the scorched rice from the bottom of the pot—*nurungji*—and so my sister named her Nurungji Granny. Nurungji Granny's eldest son ran off in the middle of the night to avoid paying a debt of several billion *won*. Granny was away seeing the spring flowers with her neighborhood friends that day. She was carrying bananas she'd bought for her grandson. She rang our doorbell instead of her own. And she fed us the bananas instead.

Nurungji Granny often dozed off—while eating,

다. 그래서 우리는 조용히 노는 법을 배워야 했다. 요란한 소리가 나는 장난감은 버렸다. 나에게는 언니가, 언니에게는 내가 장난감이었다. 사람들이 누가 언니니? 하고 물으면 우리는 저요, 하고 동시에 대답했다. 그럼 누가 동생이니? 하고 물으면 얘요, 하고 서로 상대방을 손가락으로 가리켰다. 언니가 걸으면 나는 그 뒤에 서서 언니의 걸음걸이를 흉내냈다. 내가 그림을 그리고 있으면 언니가 내 옆에 앉아서 내가 그린 그림과 똑같은 그림을 그렸다. 우리는 이 놀이를 그림자놀이라고 불렀다. 누룽지 할머니는 우리에게 설탕을 바른 누룽지를 쥐여주면서 말했다. 헷갈려 죽겠다, 헷갈려 죽겠어.

누룽지 할머니는 우리의 얼굴을 쓰다듬으면서 당신의 손자 이름을 중얼거렸다. 헷갈린다는 말을 너무 자주 하더니, 결국 머릿속에 들어 있는 기억들이 뒤엉키기 시작한 모양이었다. 우리는 할머니 앞에서는 더이상 장난을 치지 않았다. 하지만 할머니의 실수는 줄어들지 않았다. 누룽지에 설탕 대신 소금을 바르거나, 국에 간장 대신 식초를 넣었다. 할머니가 한 음식이 맛이 없어지자 우리는 밥 대신 우유를 먹었다. 하루에 1리터씩 마셨더니 키가 쑥쑥 자랐다.

watching TV, even while sitting on the toilet. So we learned to play silently. We threw out toys that made loud noises. My sister was my toy, and I was hers.

When people asked, "Who's the older one?" we replied in one voice, "Me."

When they pressed, "Then who's younger?" we each pointed at the other: "She is."

When my sister walked, I walked behind her, mimicking her every move. When I drew, she sat next to me and drew the same picture. We called this "shadow play." Nurungji Granny handed us sugarcoated *nurungji* and said, "It's confusing, so confusing."

Nurungji Granny caressed our cheeks and murmured her grandson's name. She said the word "confusing" so many times that her memory seemed all tangled up. We stopped playing the game when she was around. But her mistakes didn't stop. She coated the *nurungji* with salt instead of sugar, and put vinegar in the soup instead of soy sauce. Her food stopped being tasty, so we drank milk instead. We drank a liter of milk a day, and grew tall.

There was a big rug rolled out in the living room.

거실에는 커다란 카펫이 깔려 있었다. 카펫에는 동그라미, 네모, 세모의 도형들이 그려져 있었다. 카펫 위를 걸을 때는 우리만의 규칙이 있었다. 언니는 붉은색을 밟으면 안 되고 나는 초록색을 밟으면 안 된다는 규칙이었다. 붉은색 또는 초록색을 피해 카펫을 밟는 것은 어려운 일이었다. 까치발을 하고 카펫 위를 걷다보면 자기도 모르게 자꾸 몸이 기우뚱거렸다. 놀이의 규칙을 모르던 아버지가 우리를 한의원에 데리고 가, 얘들이 똑바로 걷질 못해요, 혹시 빈혈이 있나요? 하며 묻기도 했다. 우리는 벽 가운데에 선을 긋고 양쪽에 스티커를 붙였다. 언니가 붉은색을 밟게 되면 내 쪽에 스티커를 붙였고, 내가 초록색을 밟게 되면 언니 쪽에 스티커를 붙였다. 우리가 열 살이 되면 그때 더 많은 스티커를 가진 사람이 언니가 되기로 했다. 사람들이 스티커에 대해 물어보면 우리는 이렇게 대답했다. 착한 일을 할 때마다 하나씩 붙이는 거예요. 그러면 어른들은 엄마도 없는데 참 잘 컸네, 하고 우리의 머리를 쓰다듬었다.

한번은 내가 담벼락 밑에 나 있는 민들레를 밟았을 때 언니가 다가와 내 등을 툭 치면서 말했다. 스티커 한 개. 우리는 짓밟힌 민들레를 보며 웃었다. 그날 이후로

It had patterns of circles, squares, and triangles. We had our own rules when we walked on this rug. My sister couldn't step on the reds and I couldn't step on the greens. It was difficult to walk on the carpet without stepping on a red or a green. We couldn't help toppling over as we tiptoed across it. Father didn't know the rules to our game and took us to a traditional doctor.

"My children cannot walk straight. Do they have anemia?"

We drew a line in the middle of the wall and put stickers on either side. If my sister stepped on a red, we added sticker on my side. When I stepped on a green, we added a sticker on her side. We promised ourselves that when we turned ten, the one with more stickers on her side would become the *eonni*—the older one. When people asked about the stickers we'd tell them, "We add one for each good deed."

Then adults would pat our heads and say, "You girls grew up so well despite the loss of your mother."

Once when I stepped on a dandelion, my sister hit me lightly on the back and said, "One sticker."

We laughed and stared at the squished dandeli-

우리는 길을 걸을 때도 이 놀이를 했다. 아버지는 민들레를 밟아 죽인 후에 웃는 우리의 모습에 큰 충격을 받았는지 아동심리학 박사에게 전화를 걸어 상담을 했다. 결론은 간단했다. 무조건 사랑하세요. 사랑이 부족한 아이들에게 나타나는 현상입니다. 아버지는 어떤 일이 있어도 하루에 한 번씩 우리를 꼭 껴안아주었다.

버스정류장 앞에 새로운 보도블록이 깔렸다. 하필이면 붉은색 벽돌이었다. 언니는 그 길을 걸을 때마다 붉은 벽돌을 밟지 않도록 조심했다. 두 팔을 벌리고 보도블록 가장자리를 따라 조심스럽게 걷는 언니는 체조선수 같았다. 짜장면 배달하던 오토바이가 속도를 줄이지 못하고 달려들 때도 언니는 그렇게 두 팔을 벌리고 있었다. 나는 혼자 초등학교에 입학했다. 아버지는 하루에 두 번씩 나를 꼭 껴안아주었다. 여전히 길을 걸을 때면 초록색은 밟지 않았다. 혹시 나도 모르게 밟게 되면 그날은 집에 돌아와 언니 쪽 벽에 스티커를 붙였다. 누룽지 할머니는 자주 언니 이름을 불렀다. 할머니의 시선은 언제나 내 등 뒤를 향해 있었다. 내 뒤에 언니가 서 있다는 것을 아는 사람은 할머니와 나뿐이었다. 아버지가 할머니를 병원에 보낸 후, 그 사실을 아는 사람은 나

on. From that day on, we also played the game when we'd walk down roads. Father must have been shocked seeing us laughing at a dead plant. He phoned and consulted an expert in child psychology. The answer was simple: "Love them unconditionally. That kind of behavior stems from a lack of love." Father started hugging us tight at least once a day, no matter what.

They laid new stones on the sidewalk in front of the bus stop. Of all the colors they could have chosen for the bricks, they chose red. Sister was careful not to step on the red bricks when walking along that road. She looked like a gymnast as she teetered on the edge of the sidewalk with both of her arms stretched out for balance. Her arms were stretched out like that when a Chinese food delivery motorcycle veered toward her and couldn't slow down.

I was alone when I started elementary school. Father hugged me tight twice a day. I still didn't step on any greens when I walked down the street. If I did by accident, I'd put a sticker on my sister's side when I got back home. Nurungji Granny often called out my sister's name. Granny's gaze was always directed somewhere to the back of me.

혼자가 되었다.

　고등학교 일학년 때 할아버지가 돌아가셨다. 개회충이 눈과 뇌로 파고들었다. 사인은 가까운 가족들에게만 알려졌다. D시에서 최초로 나이트클럽을 개업한 사람의 마지막으로는 어울리지 않는 죽음이었다. 그래서 아버지는 신문 부고란에 심장마비라고 알렸다. 말년에 할아버지는 다섯 마리의 개를 키웠다. 한 번도 자식들을 따뜻하게 안아준 적이 없었던 할아버지는 개들을 안고 잠이 들었다. 할아버지가 돌아가시자 개보다도 사랑을 못 받았다고 생각한 삼촌들이 다섯 마리의 개를 잡아먹었다.

　병원 침대에 누워 할아버지가 했던 마지막 말은 거기, 였다. 삼촌들은 숨을 헐떡거리는 할아버지에게 물었다. 유언장은 어디 있어요? 어디에 두었나요? 할아버지는 검지손가락으로 병원 천장을 가리키면서 말했다. 거기…… 그리고 다음 말을 잇지 못했다. 아버지가 장례 식장을 지키는 사이 일곱 명의 삼촌들은 할아버지의 집을 뒤졌다. 어디에서도 유언장은 나오지 않았다. 삼촌

Granny and I were the only ones who knew that my sister was behind me. When Father sent Granny to the hospital, I was the only one left who knew it.

Grandfather passed away when I was in my first year of high school. Dog parasites grew in his body and ate into his eyes and brain. The cause of his death was known only to the immediate family. It wasn't a death befitting someone who'd opened the first nightclub in the city of D. So in the newspaper obituary, Father said it was a heart attack. In his later years, Grandfather had raised five dogs. Although he never embraced his children, he'd sleep with his dogs in his arms. His sons, who thought they were less loved than even the dogs, cooked and ate all five of them.

Grandfather's last word as he lay in the hospital bed was "There." His sons had kept asking Grandfather, who was already short of breath, where his will was. Grandfather pointed to the hospital ceiling and said, "There..." and could not continue.

While Father attended the funeral, the other seven sons searched Grandfather's house. No will was to be found. The sons sued one another. None of them called Father "*hyeong*"—older brother. Father

들은 서로 소송을 걸었다. 더이상 아버지를 형이라고 부르는 동생은 없었다. 아버지는 일곱 동생들을 집으로 불러들였다. 나는 유산 따위에는 아무 관심도 없다. 아버지의 말이 끝나자 삼촌들은 눈동자를 굴려대며 못 믿겠다는 표정을 지었다. 정말이야? 아버지와 몇 달밖에 차이가 나지 않는 첫째삼촌이 말했다. 정말이야. 하지만 대신 조건이 있다. 내가 재산을 포기하는 조건으로 니들 뺨을 한 대씩 쳐도 되겠냐? 삼촌들은 작은방으로 가더니 무엇인가를 의논하기 시작했다. 삼촌들은 차례로 서서 오른쪽 뺨을 아버지에게 내밀었다. 아버지는 삼촌들의 뺨을 한 대씩 때렸다.

그날 새벽, 아버지는 편지 한 장을 남겨놓고 집을 나갔다. "매달 25일이 되면 돈을 부치마. 건강해라." 나는 아버지가 남긴 쪽지를 냉장고 문에 붙여두었다. 잠이 오지 않는 날이면 농에 있는 이불을 모두 펼쳐놓고 그 위를 걸었다. 어떤 날은 빨간색 무늬를 건너뛰었고, 어떤 날은 노란색을, 또 어떤 날은 파란색을 건너뛰었다. 시간은 빠르게 흘러갔다. 나는 고등학교를 졸업하고 여행사에 취직을 했다. 더이상 아버지의 도움을 받기 싫어 통장을 없앴다. 해지한 통장을 본 순간 더이상 아버지를

summoned the seven brothers home.

"I am not the least bit interested in the inheritance," he informed them. His brothers narrowed their eyes.

"Really?" asked the oldest of them, who had been born within several months of Father.

"Really. I won't even attempt to seek any inheritance from Father. But only on one condition. I will forego my portion on the condition that I can slap each of you in the face once."

The brothers went into the smaller room to talk it over. They came back, stood in line and turned their faces to the right. Father struck them one by one.

At dawn the next morning Father left home. A letter said, "I will wire you money on the twenty-fifth of every month. Take care."

I stuck his note on the fridge door. During sleepless nights I rolled out all the quilts from the armoire and walked all over all of them. I skipped the red patterns on one night, the yellow on another, and the blue on yet another. Time flew by. I graduated from high school and got a job at a travel agency. I didn't want Father's help so I closed the bank account. As I stared at the cancelled bank-

만날 수 없을 것 같다는 예감이 어렴풋하게 들었다.

2

아버지는 기차칸에서 돌아가셨다. 아버지의 주머니
에서 발견된 것은 부산행 새마을호 기차표와 만 원짜리
네 장이 전부였다. 나는 다니던 여행사를 그만두었다.
오 년을 일하는 동안 나는 한 번도 여행을 가지 않았다.
오 년 동안 나는 등받이가 삐뚤어진 의자에 앉아서 여
행을 떠나는 사람들의 설렌 얼굴을 마주 보고 같이 웃
어주었다. 여행사를 그만두고 나는 부산행 새마을호 기
차표를 끊었다. 5호 차량 좌석번호 25번. 아버지가 눈을
감은 자리였다. 아버지가 기차를 탔던 서울역에서 시체
로 발견된 부산역 사이. 기차가 어디를 통과할 때쯤 아
버지의 심장이 멈췄는지 짐작해보면서 나는 서울과 부
산을 오갔다.
　Q를 만난 것은 서울과 부산을 왕복한 지 일곱 번째
되었을 때였다. 그는 내가 예약한 25번 좌석에 앉아 있
었다. 잠을 자는지 눈을 감고 있었다. 이봐요! 나는 Q의
어깨를 흔들면서 말했다. 여기 제 자리거든요. 한참이

book, I had a feeling that I would not see my father again.

2

Father passed away on the train. All they found in his pockets were a train ticket to Busan on the Saemaeul Express and four ten-thousand-*won* bills.

I quit the travel agency. In five years of work I hadn't once taken a trip. For those five years I sat on a broken chair with a crooked back and smiled at the faces of customers excited at the prospect of leaving. When I quit the travel agency, I got myself a train ticket to Busan on the Saemaeul Express, fifth train, seat number 25. That was where Father had sat and closed his eyes for the last time. Between Seoul where he got on the train and Busan where his body was found, I tried to conjecture where on this journey his heart would have stopped.

I met Q on my seventh round trip between Seoul and Busan. He was sitting in my reserved seat number 25.

"Hey!" I shook him by the shoulder. "This is my

지나도 Q는 눈을 뜨지 않았다. Q는 눈을 감은 채 무슨 노래인가를 흥얼거렸다. 노래에 맞춰 손바닥으로 무릎을 두드리며 박자를 맞추고 있었다. 나는 Q의 손을 내려다보았다. 손마디마다 굳은살이 박혀 있었다. 이봐요, 안 자고 있다는 거 다 알아요. 얼른 자리 바꿔주세요. 내 말이 끝나자마자 Q가 픽, 하고 웃었다. 덩치에 어울리지 않게 Q의 양볼이 붉어졌다. 우리는 삶은 달걀을 사서 두 개씩 나눠 먹었다. Q는 사이다를 마시고는 트림을 했다. 다른 사람 앞에서 트림을 해본 적이 없다고 내가 말하자 Q는 마시던 사이다를 주면서 말했다. 마셔요. 그리고 한번 해보세요. 나는 사이다를 남김없이 마시고 아주 길게 트림을 했다. 앞자리에 앉은 남자가 뒤돌아보았다. 시원했다. 나는 Q와 친구가 되었다.

　Q는 얼마 전까지 지하철 기관사였다. 원래의 꿈은 기차를 몰아보는 것이었는데, 그 꿈을 이루지 못한 대신 가장 비슷한 일을 찾아냈다. 기차에 치여 한쪽 다리를 잃은 Q의 아버지는 Q가 지하철 운전기사가 되던 날 동네잔치를 열었다. 동네사람들은 기차나 지하철이나 마찬가지라며 웃었다. 그날 동네사람들이 마신 술값은 Q의 한 달 월급보다도 많았다. 지하철을 몰면서 Q는 하루

seat."

Q didn't open his eyes for a long time. He was humming some kind of tune, his hand beating the rhythm in his lap. I lowered my gaze to look at his hand. All the knuckles had hard worn calluses on them.

"I know you're not sleeping. Let me have my seat. Quick." Q laughed faintly. He blushed, something you wouldn't expect a big guy to do. We bought a pack of four hard-boiled eggs, split them in two, and ate them. Q drank a soda and let out a giant burp. When I told him I never burped in front of people, Q handed me the soda and said, "Drink this and try."

I finished it off and let out a very long burp. The man sitting in front of me turned around and stared at me. It was refreshing. I became friends with Q.

Q had been working as a driver for the subway. He really wanted to be a locomotive engineer but this was the closest job he could find. Q's father, who lost a leg in a train accident, threw a big party for the villagers when Q became a subway driver. The villagers smiled and said that trains and sub-ways were almost the same. They drank more than Q's monthly salary could cover. Q went through

에 껌을 한 통이나 씹었다. 좁고 컴컴한 굴 속을 뚫고 지나갈 때면 심장이 답답하게 죄어왔다. 경기가 나빠지면서 지하철에서 자살하는 사람들이 많아졌다. 지하철을 몰기 시작한 지 일 년 정도 지났을 때, 한 여자가 Q의 열차로 뛰어들었다. 하늘색 블라우스에 검은색 치마를 입은 여자였다고 한다. 여자가 열차로 뛰어들기 직전 Q는 여자와 눈이 마주쳤다. 평생 잊을 수 없을 거예요, 그 눈을. 지금도 눈만 감으면 그 여자의 눈이 선명하게 보이는 것 같아. 그렇게 말할 때 Q의 눈동자가 얼마나 불안하게 흔들렸는지 나도 모르게 Q의 손을 잡아주었다.

그날 나는 Q를 따라 내렸다. 짐은 없어요? Q의 말에 나는 손바닥을 위로 향하게 하고는 웃었다. 아무것도 없어요. 순간 D시에 있는 집 현관문을 잠그지 않은 게 생각났다. 도둑이 들어봤자 별로 훔쳐갈 것도 없었다. 물건들은 몇 달쯤 나를 기다리다가 결국 지쳐 스스로 색이 바랠 것이다. Q는 나를 중국집의 주방 보조로 취직시켜주었다. 사촌형이 외국으로 가면서 자신에게 맡긴 가게라고 Q는 말했다. 나는 눈물을 잘 흘리지 않는 편이라서 양파를 깔 때도 괜찮았다. 열다섯 살 때부터 중국집에서 일했다는 주방장은 양파를 깔 때면 어린아

30

more than a pack of chewing gum everyday at work. His heart shrank and he felt claustrophobic passing through the narrow dark tunnels. Many people attempted suicide on the subway rails as the economy staggered. A woman threw herself off the subway platform around the time he hit the one-year mark at his job. She was wearing a blue blouse and black skirt. Q's eyes met the woman's for a split second before she jumped.

"I will never be able to forget her eyes. I see them so vividly whenever I close mine." Q's pupils grew large and before I knew it, I was holding his hands to calm him down.

I got off at Q's stop. "No luggage?" he said.

I smiled and showed him my empty hands. "I have nothing."

Then I remembered that I hadn't locked the front door of the house in city D. But there was nothing to worry about even if a thief came. Things at home would stay as they were for several months and then eventually start to lose their colors. Q hired me as an assistant to the chef in a Chinese restaurant. His cousin had entrusted Q with the restaurant when he left to go abroad. I tend not to cry easily, so I was fine skinning onions. The chef,

이처럼 눈물을 흘렸다.

영업이 끝나면 우리는 주방에 앉아서 소주를 반병씩 마셨다. 안주는 팔다 남은 짬뽕 국물이 전부였다. Q는 불면증에 시달렸다. 나는 Q에게 충혈된 눈으로 손님들을 쳐다보지 말라고 충고해주었다. 가뜩이나 없는 손님, 그마저도 도망가겠어요. 그러자 주방장이 나를 째려봤다. 음식이 맛없어서 손님이 없다는 사실은 아는 모양이었다. 비가 오는 날이면 Q는 만두를 만들어주었다. Q가 만든 고기만두는 정말 맛있었다. 어린 시절 울보였던 Q는 만두, 라는 말만 나와도 눈물을 그쳤다고 한다. 정말 맛있어요. 나중에 만두가게를 차려도 되겠어요. 나는 입천장이 데도록 뜨거운 만두를 한 입에 꿀꺽 삼키면서 말했다. 어머니가 이십 년 넘게 만들어주었던 만두에 비하면 아무것도 아니라고 대꾸하며 그가 쓸쓸하게 웃었다.

나는 찜질방에서 지냈다. 한 달치 목욕비를 한꺼번에 끊으면 20퍼센트를 할인해주었다. 매일매일 목욕을 했더니 잠이 잘 왔다. 개인 사물함에 들어가지 못하는 물

who'd worked in Chinese restaurants from the age of fifteen, cried like a baby when he peeled them.

After work, we sat in the kitchen and drank half a bottle of *soju*—the clear strong spirit. All we had for munchies was leftover broth from spicy Chinese noodles. Q suffered from insomnia. I advised him to not to stare at the customers with his red eyes. "We don't have many customers to start with, and you'd scare them away."

At this, the chef stared at me. He seemed to know that the lack of customers was a direct consequence of his awful food.

On rainy days, Q made *mandu* dumplings for me. Q's meat dumplings were really tasty. Q had been a crybaby when he was little, but he'd stop crying when he heard the word *mandu*. "They really are delicious. You'd make a good business with these," I said this to him as I swallowed the hot dumpling that almost burned the insides of my mouth. He smiled forlornly.

"These are nothing compared to the *mandu* my mother made for me for over twenty years," he said.

I used a *jjimjilbang*—public bathhouse and sauna

건들을 보면 아예 욕심이 생기질 않았다. 최신식 가전 제품을 보아도 마음이 흔들리지 않았고, 예쁜 옷을 보아도 사고 싶다는 생각이 들지 않았다.

목욕을 하고 나오다가 바닥을 닦고 있는 여자의 발을 밟았다. 어! 미안해요. 여자는 괜찮다는 듯 목례를 하고는 다시 바닥을 닦기 시작했다. 다음날 나는 수건을 개고 있는 여자의 다리를 깔고 앉았다. 미안해요. 못 봤어요. 나는 다시 한번 사과를 했다. 그 다음날 나는 목욕탕 문을 열고 나오는 여자와 정면으로 부딪쳤다. 여자와 나는 혹이 난 이마를 만지작거리면서 나란히 바닥에 누웠다. 누군가가 수건에 차가운 물을 적셔왔다. 괜찮아요? 여자의 이마에 찬 물수건을 대주면서 내가 말했다. 괜찮아요. 늘 이런 일이 일어나는걸요. 여자가 힘없이 웃었다.

여자의 이름은 W였다. W는 내게 몸에 난 수많은 멍을 보여주었다. 하루에 수십 번은 사람들과 부딪쳐요. 가만히 서 있는 내 발을 밟고 나서 사람들은 이렇게 말하죠. 미안합니다. 못 봤어요. 정말 사람들 눈에는 제가 잘 안 보이나봐요. W의 말처럼 나도 W와 부딪치기 전까지는 그녀의 존재를 느끼지 못했다. 어, 이 사람이 언

—as my home base. They gave a twenty percent discount if you paid one month's fee in advance. Every day I slept tight after taking a bath. I didn't want anything that didn't fit into my locker at the bathhouse. New appliances didn't tempt me, or pretty clothes.

One day I stepped on someone's foot as I walked out of the bath. "I'm sorry!"

She nodded as if to say she was okay and then continued wiping the floor.

The next day, I sat on her leg while she was folding towels. "I'm sorry. I didn't see," I apologized again.

I collided with her the next day as she opened the door and emerged from the bath. We lay side by side on the floor clutching our throbbing foreheads. Someone ran a towel under cold water and brought it out to us.

"Are you okay?" I asked her while putting the cold wet towel on her forehead.

"I'm fine. It happens all the time." She smiled faintly.

Her name was W. She showed me countless bruises all over her body.

"I bump into people several dozen times every

제 여기에 있었지? W와 부딪치고 난 뒤에야 그런 생각이 들었다.

학창 시절 W의 별명은 유령이었다. 소풍을 가서 담임 선생님이 W를 빼고 인원을 센 적도 있었다. W의 짝은 한 학기가 지나도록 W의 이름을 제대로 외우지 못했다. 한번은 유리창을 닦다가 2층에서 떨어진 적이 있었는데, 그때 반 아이 중 한 명이 유리창을 닦고 있는 W를 보지 못하고 창을 닫았기 때문이었다. W와 일 년을 넘게 만나오던 남자친구는 헤어지면서 이렇게 말했다고 한다. 난 니가 무서워. 이제 제발 나를 따라다니지 마!

W의 어머니는 꽤 유명한 배우였다. 남편의 외도로 무너진 가정을 지키려고 필사적으로 애를 쓰는 우울증 주부의 역을 해서 사람들의 입에 오르기 시작했다. W는 그녀가 배우가 되기 전에 낳은 아이였다고 한다. 어머니와 외할머니 외에는 아무도 자신의 존재를 모른다며 W가 입꼬리를 비틀면서 웃었다. 아니, 이젠 외할머니가 돌아가셨으니 어머니만 입을 다물면 아무도 내 존재를 모르겠네! W가 혼잣말을 하듯 허공을 보며 중얼거렸다. W와 그 여배우는 얼굴이 전혀 닮지 않았다. 아마 아버지가 못생겼나보지. 나는 W의 이야기를 들으면서 짐

day. People tell me 'Sorry, I didn't see you' when they step on my foot while I'm just standing there. I really might be invisible." And maybe it was true. Just like W said, I hadn't felt her presence at all before I collided into her. "How long was she there?" was all I could think after I bumped into her.

W's nickname in school was Ghost. Once her homeroom teacher didn't count her present at a roll call on a field trip. One of W's classmates who sat next to her didn't remember W's name until the term was over. W once fell from the second floor while cleaning the windows because her classmate didn't see her wiping off the dirt from the window and closed it. Her boyfriend of more than a year broke up with her saying "I'm scared of you. From now on, please don't follow me around!"

W's mother was quite a famous actress. She first got noticed playing the role of a depressed housewife struggling to protect her ruined family from her husband's infidelity. W told me that she was born before her mother became an actress. She smiled, the corners of her lips twitching a bit, and said that no one was really aware that she existed except her mother and grandmother.

"No. Now that my grandmother's passed away,

작해보기도 했다. 어머니가 유명해질수록 W는 유령 같은 존재가 되어갔다. 어머니가 연기상을 받던 이 년 전 그날, W는 길을 가다 자신의 그림자가 보이지 않는다는 것을 알고 깜짝 놀랐다고 했다.

W와 나는 자주 냉면을 먹으러 다녔다. 우리는 뜨거운 탕에 삼십 분 정도 몸을 담그고 난 뒤, 젖은 머리카락을 흩날리며 냉면집을 찾아다녔다. W는 매운 것을 잘 먹었다. 이렇게 매운 것을 먹으면 머릿속이 텅 빈 것 같거든. W는 질긴 면을 입으로 꾸역꾸역 집어넣었다. 매운 음식이 식도를 타고 내려가는 순간, W는 자신이 살아 있음을 느낀다고 했다. W는 자신이 만든 아주 매운 소스를 늘 가지고 다녔다. 냉면이 나오면 자신이 만든 소스를 더 넣어서 먹었다. 나도 조금씩 W가 만든 매운 소스를 먹기 시작했다. 우리는 얼얼한 혓바닥을 쭉 내밀고 숨을 쉬었다. 고춧가루가 다이어트에 효과가 있다는 말이 사실인지 살이 조금 빠지기도 했다.

and as long as my mother keeps her mouth shut, nobody knows I exist!" she murmured as if to herself. She looked into the distance. W and the actress didn't look at all alike.

"Her father might have been ugly," I conjectured.

As her mother became more famous, W became more ghost-like. On the day her mother won an award for acting two years ago, W was walking on the street and was startled to realize that her shadow had disappeared.

W and I frequented *naengmyeon* noodle places. We soaked our bodies for about thirty minutes in the hot tub, then we went out with our hair wet and disheveled to look for a cold, spicy noodle place. W could eat spicy food well.

"These hot foods clear my head completely," she said.

W put a steady stream of the chewy noodles into her mouth. W told me that she felt alive when spicy food slipped down her esophagus. W always carried super-spicy hot sauce that she made herself. When the *naengmyeon* was served, she added her own sauce to the noodles before eating them. I started to add W's hot sauce too. We'd breathe and pant with our burning tongues sticking out. I lost a

중국집 문을 닫는 날이면 Q가 찜질방으로 왔다. W가 일을 하는 동안, 나와 Q는 요가를 배우고 재즈댄스를 배웠다. 목이 마르면 식혜를 사서 마셨다. 너무 달았지만 살얼음이 뜰 정도로 차가워서 마시고 나면 가슴속까지 시원해졌다. 가족 단위로 찜질방을 찾는 사람들이 많아지면서 다양한 게임을 즐길 수 있는 방이 생겼다. W의 일이 끝나면, 우리 셋은 게임방으로 가서 말 옮기기 게임을 했다. 과일 숫자를 맞추는 게임이나 앞서 가던 돼지를 잡는 게임도 했다. 사람들은 둥그런 탁자에 앉아서 주사위를 굴렸다. 블록이 무너지면 사람들이 와아! 하고 좋아라 했다. 여기저기서 뿅망치 두드리는 소리가 들렸다. 내기가 없는 게임은 싫다고 Q가 말했다. 그래서 우리는 한 게임당 천 원씩 걸었다. 나는 삼만 원을 잃은 날도 있었다. 돈을 가장 많이 딴 사람이 미역국을 샀다. 그런데 왜 찜질방에서는 미역국을 팔아요? 매점 아주머니에게 물어봤지만 대답해주지 않았다. 미역국을 먹고 나면 각자 흩어져 늘어지게 잠을 잤다. 우리는 밖의 날씨가 어떤지에 대해 관심이 없었다. 일기예보는 보지도 않았다. Q가 누워 있는 W의 발목을 밟아서 인대가 늘어나기도 했지만, 늘 그렇듯이 W는 아무

bit of weight too, so it might be true what they say, that hot pepper powder helps you diet.

On days when the restaurant was closed, Q came to the *jjimjilbang*. While W was at work, Q and I learned yoga and jazz dancing. We bought and drank *sikhye* rice drinks when we got thirsty. They were too sweet, but when chilled until slightly frozen they cleared up our chests. As the number of families visiting the *jjimjilbang* increased, they added a room for various games. After W finished her work, the three of us would go there and play word games. We also played the game where people had to guess the number of fruits, or the one where you had to catch the running pig. Customers sat at the round table and rolled dice. When they knocked down the blocks people would cheer: "Wow!" Toy hammers made sounds here and there as they hit an object.

Q said that he didn't like games that don't involve betting. So we bet one thousand *won* per game. I lost thirty thousand *won* in one day. The person who won most of the money at the end of the day bought seaweed soup for all.

"Why do people sell seaweed soup at bathhous-

렇지도 않은 표정을 지었다.

하루는 셋이 고스톱을 치고 있는데 고등학생으로 보이는 앳된 여자애가 다가왔다. 저도 같이 하면 안 될까요? 넷이 치면 한 사람은 광을 팔아야 한다며 Q가 투덜거렸다. 광을 판 사람은 주로 W였다. 고스톱을 치면 돈을 잃는 법이 없는 Q가 여자애에게 내리 돈을 잃었다. 자신의 지갑에 있는 만 원짜리가 고스란히 여자애에게로 가자 마침내 Q가 화를 내면서 말했다. 사실대로 말해. 너 고등학생이지? 고등학생이 노름을 하면 돼? Q의 입에서 굵은 침이 튀었다. 고등학생인 여자애가 나와 W의 어깨에 팔을 얹고는 아주 나지막하게 속삭였다. 제가 비밀 하나 알려드릴게요. 사실 저에겐 보물지도가 있는데, 생각 있으면 저랑 같이 찾으러 가실래요? 가출한 고등학교 2학년짜리 여자애들이란 거짓말을 밥먹듯 한다고 Q가 말했다. 고등학생이 지갑을 꺼내 그 안에서 반듯하게 접힌 종이 한 장을 꺼냈다. 거기에는 정교하게 그려진 지도가 있었다. 아버지는 이 지도를 십 년 전부터 금고에 보관해두었어요. 다 이유가 있기 때문에 그런 거 아니겠어요? 고등학생은 누가 자신의 말을 엿듣지 않는지 살피기 위해 사방을 두리번거렸다. 고등학

es?" I asked the woman who ran the kiosk, but she didn't give me an answer.

After finishing the seaweed soup, we'd go our separate ways and have a relaxing nap. We were not interested in the weather outside. We never watched a weather forecast. Q stepped on W's ankle when she was lying down, injuring the ligaments, but W just made her usual indifferent face.

One day when we were playing the Go-stop Flower card game, a young girl about high school age approached us.

"May I play with you?" she asked.

Q grumbled and said that one person had to sell *kwang* cards in a four-person game. W was the one who most often ended up selling *kwang*. Q, who never lost money playing Go-stop, lost one game after another to the girl. Finally, when he had to give the whole ten thousand-*won* bill in his wallet to the young girl, Q turned red.

"Tell us the truth. You're a high school student, correct? Is a high school student allowed to gamble?" Spittle flew from Q's mouth.

The high school girl put her arms around W's and my shoulders and spoke very softly. "I'll tell you a secret. I have a treasure map. Are you up for going

생의 말을 들을수록 보물이 정말로 있는 것처럼 느껴졌다. 그렇지 않고서야 가출을 하면서 다른 것도 아니고 달랑 지도 하나만을 들고 나왔겠는가. 우리는 밤새 잠을 이루지 못했다. 다음날 내가 내린 결론은 이거였다. 거짓말을 믿는다고 해서 세상이 망하지는 않지. Q가 내린 결론은 이랬다. 진짜 보물이 나오면 사등분해야 해. W는 우리 둘의 얼굴을 천천히 살펴본 다음에 말했다. 우리 셋은 지금 몹시 심심해.

만일을 위해서 운전을 할 줄 알아야 한다고 Q는 말했다. Q의 충고에 따라 나와 W는 운전을 배웠다. 운전면허를 따는 데 두 달이나 걸렸다. 그사이 새벽마다 동네 뒷산을 올랐다. 고등학생이 보여준 지도에 의하면 보물은 산 정상에 있었다. 체력이 좋아야만 보물을 짊어지고 내려올 수 있을 것이라고 우리는 생각했다. 처음에는 약수터까지밖에 못 가겠더니 며칠이 지나자 정상까지 가도 숨이 가쁘지 않았다. 일찍 일어나보니, 새벽이 생각보다 훨씬 수다스럽다는 것을 알았다. 고등학생은 우리가 동네 뒷산을 오르고 운전을 배우는 동안, 지도에 있는 산이 어느 산인지를 알아내는 일을 맡았다. Q는 중학교 동창을 통해 중고 트럭을 하나 구입했다. 좌

44

and finding treasure with me?"

A runaway high school girl would lie in the blink of an eye, Q had once said. The girl took out her wallet and produced a carefully folded sheet of paper.

"My father stored this map in his vault for the last ten years. Don't you think he'd have a reason?"

The girl looked around to make sure no one else had overheard. The more I listened to her, the realer the treasure felt. Why else would she have taken only the map when running away from home? We couldn't sleep all night. The next day I concluded, "The world doesn't collapse just because you believe in a lie." Q's thought was, "If we indeed find the treasure, we divide it equally in fours." W took a long look into Q's face and mine: "All three of us are very bored right now."

Q said we had to know how to drive just in case. Seizing upon his advice, W and I learned how to drive. It took two whole months to get a driver's license. Meanwhile, every morning we climbed up the hill behind the village. According to the map we'd seen, the treasure was buried on top of a mountain. It would require great physical strength to carry the treasure down on our backs, we

석이 네 개 있는 트럭이었다. 등산용품 전문점에 가서 커다란 배낭을 네 개 샀다. 침낭을 갖는 게 소원이라고 해서 Q에게 침낭을 하나 선물해주었다. 그랬더니 Q는 그날 밤 뒷산에 올라가 내려오지 않았다. 이 침낭 정말 따뜻해. 다음날 산에서 내려온 Q의 얼굴에는 수십 방의 모기 물린 자국이 있었다. 긴 장마가 끝난 후 마침내 우리는 출발했다. 삽 두 자루와 곡괭이 두 자루를 트럭에 싣고서.

3

트럭에서는 담배 냄새가 심하게 났다. 에어컨은 작동되지 않았다. 창을 열자 날벌레들이 달려들었다. Q가 창밖으로 고개를 내밀고 침을 뱉었다. 바꿀까요? W가 말했다. Q가 고개를 끄덕이고는 갓길에 차를 세웠다. W가 운전석 쪽으로 자리를 바꾸려는 순간 고등학생이 말했다. 그런데, 두 분 2종 면허 따신 거 아니에요? 나와 W가 동시에 대답했다. 응, 그게 가장 따기 쉽다고 해서. 그런데 뭐가 문제야? 우리의 말을 들은 Q가 허공을 향해 욕을 하기 시작했다. 이런 멍청한 것들!

thought. At first, we could go only as far as the mineral water spring, but several days later we were able to reach the top without being short of breath. I realized, after getting up early, that early mornings were more invigorating than I had imagined. While we climbed the hill and learned to drive, the high school girl took up the task of finding out which mountain was described on the map. Q bought a used truck through his old friend from middle school. It had four seats. We went to the mountaineering store and bought four backpacks. Q said that he'd always wanted to have a sleeping bag, so we bought him one as a present. Q went to the hill that night and did not come back. "This sleeping bag is really warm." The next morning when Q came back from the hill, there were scores of mosquito bites on his face. At the end of the long rainy season, we finally left, loaded down with two shovels and two pickaxes.

3

The truck stank of tobacco smoke. The air conditioning wasn't working. When we rolled the window down, bugs swarmed in. Q stuck his head out

고속도로를 빠져나오자 고등학생이 길 안내를 하기 시작했다. 오른쪽으로 가세요. 이대로 한참을 달리다보면 Y자로 갈라지는 길이 하나 나올 거예요. 그 말을 듣고 Q는 우회전을 했다. 하지만 아무리 달려도 Y자로 갈라지는 길은 나오지 않았다. 고등학생은 차를 세우게 하고는 지도를 들고 가로등 밑으로 뛰어갔다. 실내등이 켜지지 않았던 것이다. 한참 만에 돌아온 고등학생이 웃으면서 말했다. 미안해요. 아까 그 삼거리에서 왼쪽으로 가야 해요. Q가 창밖으로 고개를 내밀고 욕을 했다. 이런 멍청한 것!

차는 비포장도로를 한참 달렸다. 차가 덜컹거릴 때마다 W는 밭은기침을 했다. W가 창밖으로 가래를 뱉으려는 순간 차가 멈추었다. 요란한 소리를 내던 엔진이 갑자기 조용해졌다. 솔직히 말해봐요. 이 트럭 얼마 주고 샀어요? 바퀴를 걷어차며 내가 물었다. 팔십만 원…… Q가 마른세수를 하면서 대답했다. 고등학생이 가지고 있는 지도에 의하면 10킬로미터 정도 더 가면 산 어귀가 나온다고 되어 있었다. 우리는 삽과 곡괭이를 각자 하나씩 들고 밤길을 걷기 시작했다. Q는 걸어가는 내내 차를 판 중학교 동창 욕을 했다. 내가 예전에 이백만 원

the window and spat.

"Do you want me to take over?" W asked.

Q nodded and pulled the truck over to the side of the road. When W was about to move to the driver's seat, the girl asked, "By the way, didn't you two get second-class driver's licenses for passenger cars?"

W and I answered in one voice "Yes, we were told that was the easiest one to get. Is there a problem?"

Upon hearing this, Q started swearing at no one: "Stupid!!"

After turning off the highway, the high school girl started navigating. "Turn right. Go straight for a while, and there'll be a Y-shaped fork in the road."

Q turned right, following all the directions. But the Y-shaped fork never appeared, however long we drove. The girl ordered Q to stop the car and ran to the streetlight because the interior light in the truck would not turn on. The girl came back after a while said, smiling, "I'm sorry. We had to make a left turn at the last three-way junction."

Q stuck out his head out the window and swore, "You stupid—!"

The truck traveled along the unpaved road for a

꾼 거 안 갚았다고 이렇게 복수를 하냐, 나쁜 자식! 그 말을 들은 우리는 일제히 Q를 욕하기 시작했다. 산속에서 휘파람 소리가 들려왔다. 소름이 돋았다. 새야. 그래 맞아, 새야. 언젠가 텔레비전에서 봤어. W가 중얼거렸다. 그러고는 자기도 따라서 휘파람을 불었다.

마침내 산 아래 도착하자 새벽이 밝아오기 시작했다. 우리는 산봉우리 사이로 뜨는 해를 보면서 기도를 했다. 가슴속에서 붉은 기운이 올라오는 것이 느껴졌다. 내 평생 이렇게 떨리기는 처음이었다. 그때 옆에 서 있던 고등학생이 말했다. 언니, 왜 이렇게 얼굴이 빨개요? 삽과 곡괭이를 낙엽으로 덮어 숨겨두고 가까운 마을로 내려갔다. 일을 하려면 일단은 잘 먹어야 하는 법이니까. 우리는 '토종닭'이라고 써 붙어 있는 식당 문을 두드렸다. 잠옷 차림의 남자가 문을 열었다. 한 시간 안에 닭백숙을 해오면 음식값의 두 배를 주겠어요. 배가 고프면 신경질을 내는 Q 때문에 우리는 터무니없는 흥정을 해야 했다. 식당 남자는 잠옷을 입은 채로 닭을 잡으러 갔고, 식당 여자는 머리도 빗지 않고 세수도 하지 않은 채로 음식을 차리기 시작했다. 주문한 지 정확히 오십 육 분 만에 음식이 나왔다. 우리는 닭 두 마리를 십 분

long while. Every time it sputtered W got a hacking cough. Just as she was about to spit phlegm out the window, the truck stopped. The rattling engine fell dead silent.

"Be honest with me. How much did you pay for the truck?" I asked and gave the tire a few kicks.

"Eight hundred thousand *won*...," Q answered, running both hands over his face as if scrubbing it. According to the girl's map, we'd reach the foot of the hill in about ten kilometers. We each grabbed either a shovel or a pickaxe and started walking in the dark. Q was swearing privately at his friend who'd sold him the truck.

"I didn't pay back a two-million-*won* debt so you took vengeance on me, you bastard!"

Upon hearing this, we all started blaming Q in unison. A whistling sound came from the mountain. In the dark and with no one else around, it was chilling.

"It's a bird. Really. I saw it on TV once," W whispered, and she whistled in reply.

We reached the foot of the hill just as the sky started to brighten. We prayed as we watched the sun rising between the peaks. I felt something red-hot welling up from inside my chest. I'd never been

만에 먹어치웠다.

산은 가팔랐다. 곡괭이는 너무 무거웠다. 게다가 손잡이가 길어서 경사진 언덕을 오르는 데 거추장스럽기만 했다. 있잖아, 삽만 있어도 되지 않을까? 땅을 보니 그리 딱딱한 것 같지도 않고…… 산 중턱에서 곡괭이 두 자루를 놓아버렸다. 그래도 혹시 모르니까 곡괭이를 낙엽 아래에 숨겨두었다. 근처에 있는 나무에 붉은 손수건을 묶어 위치를 표시했다. 고등학생이 수첩에 산 중턱, 붉은 손수건 나무, 동쪽으로 3미터, 라고 적어두었다.

W가 망원경을 주웠다. 나무에서 새소리가 들리면 W는 걷다 말고 서서 망원경을 꺼냈다. 그러고는 새가 어느 나무에 앉아 있는지를 찾기 시작했다. W 때문에 산을 오르는 걸음은 더욱 더뎌졌다. 고등학생이 나뭇가지에 걸려 있는 모자를 발견했다. 모자는 손이 닿지 않는 가지에 걸려 있었다. W의 망원경을 빌려 모자를 살펴본 뒤 고등학생이 말했다. 제가 좋아하는 상표예요. 우리는 돌을 주워 나뭇가지에 걸린 모자를 향해 던졌다. 떨어질 듯 떨어질 듯하면서도 모자는 떨어지지 않았다. 집에 돌아가면 똑같은 것을 사주기로 약속한 후에야 고등학생은 모자를 포기했다.

so thrilled in my life. At that moment, the high school girl who stood next to me asked, "Why's your face so red?"

We hid our shovels and pickaxes under the leaf litter and went to a nearby village. It's important to eat well before going to work. We knocked on the door of a restaurant that advertised "free-range chicken." A man in pajamas opened the door. "If you can fix us a chicken dish in an hour, we'll pay double."

We made this absurd deal because Q has temper tantrums when he gets hungry. The restaurant owner went out to grab some chickens, and his wife started to set the table without even washing her face or combing her hair. They brought the food out exactly fifty-six minutes from the time we placed the order. We ate the two chickens in ten minutes flat.

The hill was steep. The pickaxes were too heavy, and the long handles made climbing cumbersome. "You know, wouldn't shovels be enough? The ground isn't that hard..."

We abandoned the two pickaxes halfway up the hill. Just in case, we hid them under a pile of leaves and marked the location by tying a red handker-

마침내 지도에 그려진 대로 산 정상 부근에서 커다란 바위 세 개를 발견했다. 자, 기념으로 담배나 한 대씩 피우죠. 고등학생이 배낭에서 담배를 꺼냈다. 우리는 커다란 바위 위에 둘러앉아 담배를 피웠다. 나도 W도 Q도 처음 피워보는 담배였다. 나와 W와 Q가 각각 세 개의 바위 위에 섰다. 하나, 둘, 셋, 넷. 그러고는 똑같은 보폭으로 걸었다. 우리 셋이 만나는 지점에 고등학생이 동그라미를 그렸다. 자, 파죠!

땅을 파는 일은 쉽지 않았다. 처음에는 나와 W가 땅을 팠다. 금방 손바닥에 물집이 잡혔다. 무릎이 들어갈 정도로 땅을 팠지만 아무것도 나오지 않았다. 숨이 찼다. 둘이서 1.5리터 물을 한 번에 다 마셨다. Q와 고등학생이 땅을 파는 동안 나와 W는 망원경을 보면서 놀았다. 저기 뭐가 있는 것 같아. W가 100미터쯤 떨어진 곳을 손가락으로 가리켰다. 나뭇잎에 가려 무엇인지 자세히 알 수 없었다. 경사가 심한 내리막길이었지만 우리는 나뭇가지를 붙잡아가면서 천천히 내려갔다. 미끄러지면서 주황색 풀꽃을 밟았다. 놀란 벌이 요란한 날갯짓을 해댔다. 나뭇잎에 가려진 것은 버려진 등산화였다. 등산화가 버려진 곳에서 얼마 떨어지지 않은 곳에

chief to a tree. The girl made a note in her book: halfway up, red handkerchief on a tree, three meters east.

W found a telescope. When she heard a bird sing, W stopped walking and took out the telescope. She started searching for the tree where the chirping was coming from. Because of W, our uphill journey went even slower. The girl found a hat hanging on a branch, high up out of reach. She borrowed W's telescope to examine the hat and said, "It's the brand I like."

We picked up rocks and threw them at the hat. It almost seemed to fall from the branch several times, but didn't. Only after we promised to buy her the same hat when we got back did the girl give up.

Finally, we found the three big rocks near the summit that were drawn on the map. "Now, let's all have a smoke to celebrate."

The girl produced a pack of cigarettes from her backpack. We sat on the rocks in a circle and smoked. None of us—W, Q, and I—had ever smoked before. W, Q, and I were each sitting on one of the three rocks, and then we got up and took one, two, three, four equal steps toward the

서 선글라스를 발견하기도 했다. 어때, 어울려요? 나는 선글라스를 낀 채 하늘을 올려다보았다. 정말 근사하네요. W가 박수를 치면서 대답했다.

1미터를 팠더니 커다란 바위가 나왔다. 그리고 그 바위를 가느다란 나무뿌리들이 감싸고 있었다. 나는 구덩이에 조금 전 주운 등산화와 선글라스를 던졌다. W는 망원경을 던졌다. 고등학생은 담배와 라이터를 내려놓았다. 그러고는 수첩을 꺼내 조금 전 곡괭이를 숨길 때 적었던 메모를 찢어 담뱃갑 사이에 끼웠다. Q는 트럭 열쇠를 집어던졌다. 우리는 도로 구덩이를 덮었다. 고속버스를 타고 집으로 돌아오는 내내 서로 한마디도 하지 않고 잠을 잤다. 고등학생은 시내에서 가장 큰 서점으로 가서 지도책 사이에다 보물지도를 끼워두고 왔다.

보물을 찾으러 갔다 온 사이, 주방장이 도망을 갔다. 주방에 있던 그릇들과, 냉장고에 가득 들어 있던 음식 재료들과, 배달용 오토바이를 가지고 사라졌다. Q는 주방 바닥에 주저앉아 어린아이처럼 울었다. 그만 울고 싶을 때까지 울어요! 나는 Q의 등을 두드리며 말했다.

center. The girl drew a circle where the three of us met. "Let's dig!"

Digging wasn't easy. W and I dug first. Blisters quickly appeared on our palms. We dug down to knee height but found nothing. We were out of breath. Between the two of us, we finished one and a half liters of water in one sitting. While Q and the girl dug, W and I had fun looking through the telescope. "There's something out there." W pointed at a spot about 100 meters in front of us. It was hidden by leaves so it was difficult to make out any details. Downhill was steep going, but we managed the slow descent by holding onto branches. I slid and stepped on an orange flower. A cloud of startled bees dispersed and began to buzz. We found a mountaineering shoe hidden under the leaves. Not far from the shoe, we also found a pair of sunglasses.

"Well? How are they? How do I look?" I looked up wearing the sunglasses.

"They look great!" W applauded.

A big rock appeared after we dug down about a meter. It was entangled in tree roots. I threw the newly found shoe and the sunglasses into the hole we'd just dug. W tossed the telescope in. The girl

W가 밖으로 나가더니 어딘가로 전화를 걸었다. 잠시 후에 냉면 네 그릇이 배달되었다. 이럴 땐 매운 음식을 먹는 게 최고예요. W가 가방에서 매운 소스를 꺼냈다. 맞아요. 슬퍼서 울었다고 말하는 것보다는 매워서 울었다고 말하는 게 덜 쪽팔리잖아요. 고등학생이 냉면을 비비면서 말했다. 빈 주방 바닥에 앉아서 우리는 아주 매운 냉면을 먹었다. W는 특별히 Q의 냉면에 자신의 소스를 듬뿍 넣어주었다. 그때 내 머릿속을 무엇인가가 스치고 지나갔다. 그래, 바로 이거야! 내가 두 주먹을 불끈 쥐고 외쳤다.

나는 Q의 중국집 자리에 만두가게를 차리자고 했다. 메뉴는 만두와 쫄면. Q는 만두를 만들고 W는 쫄면을 만들면 될 것 같았다. 주문받고 음식 나르는 일은 나하고 이 녀석하고 둘이 하면 되지 않겠어? 나는 고등학생의 머리통을 살짝 건드리면서 말했다. 그러자 고등학생이 나도 끼워줘서 고마워요, 하고는 훌쩍거렸다. 이거 매워서 우는 거예요. 오해하지 마세요. 그렇게 말하고는 입 속의 면을 씹지도 않고 삼켰다.

나는 여행사를 다니며 번 돈을 내놓았고, W는 찜질방에서 아르바이트를 해서 번 돈을 내놓았다. 벽을 새로

placed the pack of cigarettes and the lighter inside. Then she took out the notepad, ripped out the page where she'd written the location of the pick-axe, and put it into the cigarette package. Q threw in the key for the truck. We filled the hole.

On the way back home on the express bus, none of us spoke. Instead, we slept. The girl went to the biggest bookstore in town and slipped the treasure map in between the pages of a map book.

While we were off searching for the treasure, the chef ran away from the Chinese restaurant. He disappeared with all the serving dishes from the kitchen, a fridge full of ingredients, and the delivery motorcycle. Q collapsed on the kitchen floor and cried like a little baby.

"Let it all out!" I patted him on the back.

W went out and phoned somewhere. The place delivered four servings of *naengmyeon* noodles.

"Situations like this call for spicy food." W took the hot sauce out of her bag.

"You're right. It's less embarrassing to say that you cried because the food was too hot than because you were sad." The high school girl said this while mixing the sauce into the noodles.

칠하고 바닥에는 미끄러지지 않는 타일을 깔았다. 금고 바닥에서 유효기간이 지난 복권을 주웠다. 넷은 머리를 맞대고 복권을 긁었다. 먼저 당첨금을 확인했다. 십만 원. 당첨 숫자는 5였다. W가 천천히 동전을 움직였다. 5라는 숫자가 서서히 윤곽을 드러냈다. 에이 아쉽다. 날짜만 안 지났어도. 고등학생이 연신 아쉽다는 말을 했다. Q는 복권을 카운터 벽에 붙여놓았다. 이게 우리에게 행운을 가져다줄 거야.

고등학생이 Q의 만두를 먹어보고는 한마디 충고를 했다. 피를 좀더 얇게 했으면 좋겠어요. 얇으면서도 쫄깃한 맛이 나게요. 그 말을 듣고 Q는 삼 일 동안 주방에서 나오지 않았다. 얇은 피를 만들기 위해 다섯 포대가 넘는 밀가루를 반죽해댔다. W의 쫄면을 먹어본 뒤 고등학생이 말했다. 우리 쫄면의 핵심은 매운맛이에요. 그러니까 단순하게 한 가지 쫄면만 팔지 말고 매운맛에 등급을 매겨 팔았으면 좋겠어요. 고등학생의 충고에 따라 우리는 쫄면을 네 가지로 구분했다. 안 매운 쫄면, 조금 매운 쫄면, 아주 매운 쫄면, 그리고 마지막으로 미친 쫄면. 미친 쫄면이라는 이름은 고등학생이 지었다.

만두를 먹기 위해 사람들이 줄을 섰다. 매운 쫄면을

We sat on the floor in the empty kitchen and ate the volcanically spicy noodles. W made a point of putting a generous amount of her sauce on Q's noodles. At that moment, a thought struck me like an arrow.

"Yes, this is it!" I cried, and pumped my fists in the air.

I suggested we open a dumpling shop at the place once known as Q's Chinese restaurant. The menu would be *mandu* dumplings and *jjolmyeon* spicy noodles. Q would make the dumplings and W would make the noodles.

"This girl and I can take the orders and serve the food," I said, tapping her lightly on the head.

The high school girl said, "Thank you for counting me in," and started sobbing. "I'm crying because this is too hot. Don't take me wrong." She gulped down the noodles without chewing.

I chipped in with the money I'd earned working at the travel agency, and W contributed her income from working part time at the bathhouse. We painted the walls and laid non-slip tiles on the floor. We found an expired lottery ticket at the bottom of the safe. The four of us gathered around and began to scratch it. First, we verified how

먹어본 사람들이 한마디씩 했다. 이렇게 매운맛은 처음이에요. 가끔 미친 쫄면을 먹는 사람도 있었다. 미친 쫄면을 두 그릇 이상 먹으면 음식값을 받지 않는다고 광고를 했다. 몇 사람이 시도를 했지만, 아직까지는 성공한 사람이 없었다. 고등학생은 저녁에 일을 시키지 않았다. 대신 검정고시학원에 보냈다. 일 년 만에 고등과정을 마치더니 그 다음해에 대학에 입학했다. 날 닮아서 머리가 좋은 거야. 나와 W와 Q가 서로 우겨댔다. 우리 셋은 돈을 모아 대학등록금을 대주었다. 우리와 비슷한 이름을 내건 만두가게들이 생겨나기 시작했다. 하지만 맛을 따라오지는 못했다. 고등학생이 대학을 졸업하던 해에 우리의 재산은 작은 아파트 네 채와 소형차 네 대로 불어났다.

밤이 길게 느껴지는 날이면 나는 차를 몰고 고속도로를 달렸다. 한참을 달리다 마음에 드는 휴게소에 들어가 어묵을 한 그릇 사먹는 게 유일한 취미였다. 방에 전국지도를 붙여놓고, 붉은색 펜으로 어묵이 맛있는 휴게소에 동그라미를 쳤다. 한번은 밤길을 달리다가 나도

much the prize money was. One hundred thousand *won*. The winning number was 5. W moved the coin slowly over the surface. The number 5 slowly revealed itself.

"What a pity! If only it hadn't expired," the girl said over and over again. Q stuck the lottery ticket on the wall next to the cash register.

"This will bring us good luck," he said.

The high school girl took a bite of Q's dumplings and gave him a word of advice. "They would be better with thinner skin. Thinner but chewy skin would be perfect." Q didn't leave the kitchen for three days after hearing this. He mixed more than five big bags of flour to produce a thinner skin. The girl commented on W's noodles.

"Our selling point is the spiciness. How about we sell not just one kind, but different kinds of noodles rated by degrees of spiciness?"

We accepted her advice and came up with four different kinds of noodles: not spicy, slightly spicy, very spicy, and crazy spicy. The girl came up with the name "crazy spicy."

People lined up to eat the dumplings. Those who tasted the spicy noodles left their comments: "I've never had anything this spicy."

모르게 고향인 D시에 간 적이 있다. 내가 살던 아파트 베란다에 어린아이의 옷이 걸려 있었다. 나는 불이 켜진 거실을 오랫동안 바라보았다. 문을 열어두고 와서 다행이었다. 집이라는 것은 누구든지 살아줘야 하는 것이니까. 할아버지의 나이트클럽은 없어졌다. 대신 그 자리에 복합상영관이 들어섰다. 나이트클럽은 언제 없어졌나요? 나는 길 건너 노점상에게 물었다. 벌써 없어졌지. 말도 마. 그 아들들끼리 서로 싸우고 난리였잖아. 노점상은 묻지도 않은 이야기까지 늘어놓았다. 상속을 가장 적게 받은 삼촌이 나이트클럽에 불을 질렀다. 삼촌들 중 몇 명은 아직까지도 재판 중이었다.

　12월 31일 밤, 나는 차를 몰고 영동고속도로를 달렸다. 고속도로는 일출을 보러 가려는 사람들로 밀렸다. 나는 앞차의 브레이크등을 바라보며 운전을 했다. 시계가 열한 시 삼십사 분을 가리켰다. 생일 축하해, 언니. 나지막하게 중얼거렸다. 언니가 몇 년만 더 살았다면 틀림없이 내 스티커가 더 많았을 거야. 그러면 내가 언니가 될 수 있었을 텐데. 치사해! 내 목소리가 라디오 음악 소리에 묻혀버렸다. 여주휴게소에서 어묵을 한 그릇 사먹었다. 국물을 마시다 말고 나는 내게 말했다. 생일

Once in a while, there were people who ordered crazy spicy noodles. We advertised that the food would be free for those who could eat more than two servings of crazy spicy noodles. Several tried, but no one succeeded. We never let the high school girl work in the evenings. Instead, we sent her to a school to get her high school equivalency diploma. She finished the entire high school program in a year and entered college the following year.

"She got her brains from me," W, Q, and I each claimed. The three of us collected money to pay her tuition.

Dumpling shops that mimicked ours began to spring up. But at no place else did they taste like ours. By the time the girl graduated from college, our assets had increased to four small apartments and four small cars.

When the nights felt long, I'd go driving out on the highway. My only hobby was to drive for a while, pick a rest stop that attracted me, and order an *eomuk* fish cake soup. I put up a map of the whole country in my room and circled in red the rest stops that had good fish cake soup. Once,

축하해. 휴게소 벽에 걸려 있는 시계가 열두 시 삼십 분
에서 삼십일 분으로 넘어가고 있었다. 사람들은 일출을
보러 동해로 향했다. 나는 다음 톨게이트에서 유턴을
한 다음 집으로 돌아왔다. 내일은 서해안고속도로를 달
려볼까, 어느 휴게소의 어묵이 맛있을까, 이런 생각을
하면서.

『거기, 당신?』, 문학동네, 2004

while driving at night, I went back to my hometown of D despite myself. There were children's clothes hung out on the veranda of the apartment I used to live in. I looked up at the lit living room for a long time. I was glad I'd left the door open. Houses are supposed to be lived in, no matter who's living in them. Grandfather's nightclub wasn't there anymore. Instead, there was a multiplex theater.

"When did the nightclub disappear?" I asked the vendor across the street.

"A long time ago. Don't even start with me on that one. The sons fought one another and made a big racket over it." The vendor unloaded the whole story on me without me even asking him to. The son who'd received the smallest inheritance set fire to the nightclub. The cases of several of the sons were still pending.

On New Year's Eve, I drove out on the Yeong-dong Highway. The road was jammed with people heading east to see the sunrise. I followed the tail-lights in front of me. The clock read 11:34 PM.

"Happy birthday, Sister." I whispered. "If you'd lived a few years more, I would have gained a few more stickers. Then I could have become the *eon-ni*—the older one. It's not fair!"

My voice was drowned out by music from the radio. I bought a bowl of fish cake soup at the Yeoju rest stop. As I drank the broth I paused to tell myself, "Happy birthday."

The clock on the wall was changing from 12:30 AM to 12:31 AM. People were heading east to see the sunrise. I made a U-turn at the next tollbooth exit and drove home thinking, "Should I drive out along the west coast tomorrow? I wonder which rest stops have tasty fish cakes?"

---

* This translation is included with permission from the first issue of the *Azalea* where it was originally published on December, 1, 2007.

Translated by Lee Ji-eun

해설

Afterword

목적 없는 여로와 농담 사이에 의미를 묻다

서희원 (문학평론가)

어떤 일의 의미나 가치를 판단함에 있어 의도에 따른 목적과 결과를 중시하는 태도는 그리 낯설거나 희소한 방식은 아니다. 아니 현실은 정반대이다. 결과보다는 과정이 중요하다는 말을 상투적으로 사용하고 있음에도 불구하고 "그래서 어쨌냐는 말이다"라는 식으로 그 일의 최종적인 결과물을 놓고 가치를 가늠하는 방식은 아주 흔하다. 고대 그리스의 현자들에서부터 칸트의 사유까지 이러한 목적론적 세계관은 세계나 인간, 사물의 발생과 존재를 설명하고 인지하는 중요한 철학적 체계였다. 비록 근대 이후 유물론이나 생물진화론 등을 통해 이러한 유심론적인 사유가 근거 없는 맹신에 불과하

Finding Meaning Between Journeys And Jests

Seo Hee-won (literary critic)

When interpreting any one event's ultimate meaning or value, it's not so unusual to evaluate this event on the basis of its intended purpose. While many have actually found this interpretative process to be more important than their final conclusions, people still frequently employ processes of evaluation where their conclusions, or answers to the question of "So why does such and such event actually *matter*?" remain clear. From the sages of ancient Greece to the philosophy of Kant, this teleological worldview was an important philosophical tool for understanding and discussing the existence of the world, humanity, and the material

다는 것이 알려졌지만 형이상학적인 믿음은 여러 곳에서 아직도 견고한 틀을 유지하고 있다.

인생에 대해서도, 흔히 인생의 메타포로 사용되는 여행에 대해서도, 그리고 소설의 서사에 있어서도 그렇다. 인생은 과정의 이어짐이 아니라 성취의 연속으로 말해질 때 의미를 갖는다고 여겨진다. 여행은 목적지에 도착해야 끝이 났다고 말해진다. 소설의 서사는 독자들이 동의할 수 있는 결론으로 맺어져야 의미 있다고 한다. 과연 그런가? 윤성희라면 단호한 목소리로 "그렇지 않다", 라고 말할 것이다. 이런 목소리를 가장 선명하게 들을 수 있는 윤성희의 단편 중 하나는「유턴지점에 보물지도를 묻다」이다.

이 단편은 "12월 31일 열한 시 삼십사 분"과 "1월 1일 영 시 삼십일 분"에 태어난 일란성 쌍둥이의 출생 장면으로 시작한다. 소설의 화자인 '나'는 쌍둥이 중 동생이다. '나'는 담담하고 유장한 방식으로 자신의 출생과 가족의 내력, 언니의 이른 죽음, 자신의 외로운 성장, 나이트클럽을 경영하던 할아버지의 거친 삶과 죽음, 각기 다른 어머니를 가진 일곱 명의 삼촌, 그리고 가출한 후 객사한 아버지에 대해 이야기한다. 여기까지가 이 단편

landscape. While historical materialism and the theory of evolution have proven more spiritualist interpretations of events to be groundless, blind beliefs dictating far too complex processes, the solid ideological framework of this sort of metaphysical faith remains relevant in many areas of society.

This interpretative approach, of course, applies to one's understanding of life, to the journeys and stories that often serve as metaphors for life, and fictional narratives. It is the list of concrete actions and accomplishments, not the series of processes, that imbues life with meaning. Fictional narratives are meaningful only when they arrive at conclusions that the readers can accept. To the question of "So is *that* what this really means" Yoon Sunghee's answer would be an unambiguous: No. The clearest evidence for this can be found in Yoon's latest short story, "Burying a Treasure Map at the U-turn." Yoon's short story opens with the birth of identical twins, one on "December 31st at 11:34 PM" and the other on "January 1st at 12:31 AM." The narrator of the story is the latter twin who relates the stories spanning her entire life an unwaveringly flat, methodical tone. She describes the stories of her birth, her family's history, her twin's death, her

의 1장에 해당하는 내용이다. 주목해서 봐야 할 것은 인생을 요약하고 있는 화자의 방식이다. 화자는 인생의 중요한 고비라고 여겨지는 장면과 삶을 설명하는 데 있어 가치 없다고 여겨지는 소소한 순간에 차등을 두지 않고 이를 기술하고 있다. 가령 화자는 언니의 죽음이라는 애통한 순간을 말하면서도 이것이 쌍둥이 간의 서열을 정하고자 했던 놀이 과정에서 우연하게 일어난 일이며, 아버지가 할아버지의 유산을 포기하는 대신 요구한 것이 가족들의 화목과 같은 가치가 아니라 유치한 감정의 발로인 삼촌들의 빰을 때리는 것이었다는 언급을 연결시킨다. 죽음과 가출의 장면에 연결된 이 사소한 에피소드는 삶의 유의미한 국면이 가진 일반의 의미를 강조하기 위한 것이라기보다는 그것을 일상적이고 우스꽝스러운 것으로 만드는 효과를 발휘한다. 이 윤성희의 유머를 단순히 조실부모(早失父母)하고, 간난신고(艱難辛苦)를 겪은 '나'의 인생을 풍자하거나 냉소적으로 만들려는 것으로 이해해서는 안 된다. 이 에피소드들은 '나'의 인생을 의미 있는 과거에서 목적을 가진 미래로 연결하기보다는 일상의 향기가 가득한 현재로 감각하게 만들기 때문이다.

own lonely childhood from that point on, the harsh life and death of her grandfather and his prized night club ownership, her seven uncles who are each born of different mothers, and her father who once ran away from home and is eventually accidentally killed.

This is merely the first part of the narrator's story and once again it is worth noting how, even when explaining the turning points of her life, the narrator does not consider one detail more important than other. As she describes the tragic death of her sister, for example, she does not fail to describe in detail that the accident occurred while the two of them were playing a game that would determine the hierarchy between them. In the same way, she relates that her father agreed to give up his share of his father's inheritance on the childish condition that each of his half-brothers must first receive a single slap in the face from him. Details like these illustrate the absurdity and utterly mundane quality of life rather than highlight life's meaningfulness, any sort of greater meanings that the reader can broadly apply to their own. Additionally, this never means that Yoon Sung-hee uses humor to turn the narrator's orphaned childhood and sufferings into a

좀더 상세하게 보자. 「유턴지점에 보물지도를 묻다」의 2장과 3장은 고아가 된 '나'와 친교를 맺게 되는 Q, W, 여고생의 사연을 담고 있으며, 이들이 여고생의 아버지가 귀중하게 간직하던 보물지도를 갖고 보물을 찾아 떠나는 여행과 그 이후의 시간을 서술하고 있다. '나'는 기차칸에서 돌아가신 아버지를 회상하며 탑승한 기차에서 우연히 얼마 전까지 지하철 기관사였던 Q를 만난다. 기차 기관사를 꿈꾸었던 Q는 그것과 가장 비슷한 지하철 기관사가 되었지만 열차로 투신한 여자의 눈을 목도한 이후 다시는 운전대를 잡지 못하는 신세가 되었다. 대신 Q는 퇴락한 중국집을 운영하며 살고 있다. 이 인연으로 '나'는 중국집의 주방 보조로 일하게 된다. '나'는 숙박을 해결하던 찜질방에서 사람들이 잘 알아보지 못해 "유령"이라는 별명을 가진 W를 만나게 되고 그녀와 친구가 된다. W는 꽤 유명한 배우가 낳은 사생아이다. W는 돌아가신 외할머니와 어머니 외에는 아무도 자신의 존재를 모른다며, 자신을 그림자도 없는 "유령 같은 존재"라고 설명한다. 찜질방에서 이들과 만나게된 여고생은 어떠한 이유에서인지 알 수는 없지만 가출하여 이곳저곳을 전전하는 삶을 살고 있는 아이이다.

parody or an exercise in cynicism; the episodes of the narrator's life help relate a personal history that consists of a rich, colorful present rather than a meaningful past leading to a purposeful future. Now, let's take a closer look at Yoon's narrative on life's seeming banality. Parts two and three of "Burying a Treasure Map at The U-turn" consist of the narrator's friendship with Q, W, and a high school girl, their journey for treasure using the high school girl's father's once prized treasure map, and the period after their return from their trip. The narrator first runs into Q, a former subway train operator until just recently, while thinking about her dead father on a subway. Q, whose only dream was to become a train conductor, had become the next closest thing, a subway train operator until he found himself unable to return to work after looking straight into the eyes of a woman moments before she threw herself on to the tracks.

At the time of the narrator's friendship with Q, he manages a Chinese restaurant in decline where the narrator also begins working as a kitchen assistant. Additionally, around the same time the narrator befriends W, a woman who works at a bathhouse the narrator frequents when she has no place to spend

흥미로운 것은 '나'와 친교를 맺는 이들에게서 알레고리적인 의미를 찾을 수 있다는 사실이다. Q는 인생의 목적을 상실했다는 점에서 미래가 없는 인간이며, W는 자신의 기원이 사라졌다는 점에서 과거가 지워진 사람이고, 여고생은 누려야 할 현재를 가지고 있지 못한 인물이다. 이런 점에서 이들이 보물을 찾아 함께 떠나는 여행은 그 서사적인 측면만이 아니라 의미적인 부분에서도 중요하게 읽을 필요가 있다.

이들은 만일을 위해 운전면허를 따고, 중고 트럭을 구입하고, 체력을 기르기 위해 등산을 하는 등의 준비를 하고 보물을 찾아 떠난다. 보물을 찾아 떠나는 낭만적인 여행을 윤성희는 어떠한 서스펜스도 없는 모험으로 서술한다. 여기에는 보물을 찾는 자와 이를 지키려는 자 혹은 이를 빼앗으려는 자의 긴장 같은 것은 전혀 존재하지 않는다. 심지어 지도에 표시된 지점에는 어떠한 보물도 없다. 오히려 이 장면은 트럭의 실내에 진동하는 악취와 트럭을 운전할 수 없는 2종 면허를 취득한 무지, 길 잃음, 차의 고장, 걸어가는 도중에 들린 식당에서의 급하지만 맛깔난 식사, 산에서 주운 망원경으로 바라본 사물과 풍경에 대한 감각적인 서술로 채워져 있

the night. W is nicknamed "the Ghost" at the bath-house because everyone has trouble recognizing her. The bastard of a fairly famous actress, W notes people's obliviousness to her save her mother and deceased maternal grandmother. W is a ghost-like being, then, seemingly without even her own shadow.

Finally, the high school girl, whom they also all meet at the bathhouse, has run away from home for reasons unknown and seems to be wandering fairly aimlessly. Ultimately, one can find certain al-legorical meanings in the characters that befriend the narrator. Q is future-less because he has lost his purpose in life, W has no past because her ori-gins have vanished, and the high school girl lacks the present she believes she deserves to enjoy. As their treasure hunt begins, this added allegorical layer gives their journey a deeper layer of meta-phorical, as well as narrative significance.

Also, as their search commences we are quick to see that Yoon Sung-hee is sending them out on a treasure hunt without any suspense whatsoever. There is no one to foil their efforts and therefore no tension between any possible heroes or villains. Their preparations for their journey begin by ob-

다. 이들은 끊임없이 한눈을 팔고, 딴짓을 하며, 긴장감 없는 농담을 한다. 하지만 모든 순간은 즐겁고 유쾌하다. 이는 명백히 작가의 의도에 따른 서술로 읽힌다. 윤성희는 보물이 묻힌 곳에 무엇이 들었는지를 설명하는 것보다 닭백숙을 먹는 장면이 더 중요하다는 듯 더 길게 서술한다. 이를 통해 보물이 없는 보물지도를 들고 떠난 이들의 덧없는 여행은 의미 없는 것이 아니라 일상의 순간을 즐거운 것으로 만드는 소소한 쾌락으로 충만한 여정이 된다.

여행에서 돌아온 '나'와 친구들은 주방장이 가게의 모든 자산을 가지고 사라졌다는 사실을 알게 되지만 낙담하지 않고 '나'가 제안한 만두가게를 시작한다. Q는 만두를 만들고, W는 그녀의 특제 양념으로 매운 쫄면을 만든다. Q와 W의 인생에서 그리 의미 없다고 여겨진 소소한 솜씨가 그들의 삶을 풍성하게 만드는 놀라운 일이 벌어진다. 이들은 여고생에게 학업을 계속할 기회를 주고, 여고생은 일 년 만에 고등과정을 마치더니 그 다음해 대학에 입학한다. 그리고 "고등학생이 대학을 졸업하던 해에 우리의 재산은 작은 아파트 네 채와 소형차 네 대로 불어났다." Q가 상실한 미래, W의 지워진 과

taining a driver's license, purchasing a second-hand truck, and practicing hikes in the mountains to build their physical strength. Yoon's narrator describes all of this in typical uninflected, matter-of-fact detail. Then, when they arrive at the spot marked in the map, they find nothing. Rather, this moment is filled with sensory-laden descriptions and more mundane blunders: the stench in the cab of their second-hand truck, their purchase of a type 2 driver's license despite their party's truck driving inabilities, their failures to find the right path, their car's collapse, their hurried but delicious meal at a random restaurant they find along the way, and the objects and scenery they find through a pair of binoculars they discover in the mountains. They remain distracted and stray from their journey time and again, frequently making jokes that dispel any tension. And yet every one of these moments are fun and lighthearted. It seems to be the author's clear intention to describe their chicken stew feast at greater length than their ultimate treasure-hunting discoveries, thereby giving their futile journey meaning by placing greater emphasis on the small delights along the way of their journey.

Upon their return, Yoon takes no departure from

거는 더 이상 언급되지 않는다. 이것을 채우는 것은 그들의 일상생활 속에 뿌리를 내린 감각적 현재이며, 여고생의 성장으로 제시되는 흘러가는 시간의 감미로운 체감이다.

윤성희가 소설을 통해 그리고 있는 현실은 그것이 가진 감각적인 현재의 다채로움으로 독자들을 매혹시킨다. 독자들은 자신이 살고 있는 역사적 삶으로 이 소설을 끌어오는 것이 아니라 기꺼이 소설 속의 현재로 들어가 그들과 함께 살아가는 것을 선택한다. 소설의 몇 장면에서 출몰하는 언니의 유령과 같은 환상적 언급 알려주는 것처럼 이 소설은 정확한 배경도 연대도 추측하기 힘든 상상의 어떤 장소와 시대를 배경으로 하고 있으며, 이 인물들은 실재의 초상이 아니라 문학적 허구에 가깝다. 하지만 이 소설이 역사적 사실에 근거하고 있지 않다는 점은 작품을 읽거나 느끼는 데 전혀 문제가 되지 않는다. 윤성희가 그리고 있는 현재는 그 자체로 충분히 매혹적이기 때문이다. 소설에는 교훈이나 해석을 통해 도출되는 제2의 의미가 필요하다고, 이 소설에는 이것이 결여되어 있다고 말하는 사람도 있을 것이다. 아마도 소설 속 한 장면은 이러한 이들에게 윤성희

this process-oriented kind of storytelling. The narrator and her friends discover the chef at the Chinese restaurant has fled and has taken all the assets of the restaurant with him. Instead of losing hope, though, they start a dumpling store at the protagonist's suggestion. Q makes dumplings and W makes noodles with her special spicy sauce. Q and W's little talents, which neither had considered valuable, bring about surprising results. They give the high school girl a chance to continue her studies. The girl passes her high school equivalency test within a year and starts college the next: "When the girl graduated from college, our assets increased to four small apartments and four small cars." Here we can see that there is no more mention of the future Q has lost or W's obliterated past. Instead, Yoon fills these gaps with a sensual present that takes root in the characters' everyday lives, detailing an exquisite passage of time solely through the progress of the high school girl.

The unique reality of Yoon Sung-hee's story mesmerizes the readers with its wide array of sensual impressions her present brings. Rather than demanding that the story conform to certain expectations, rooted in some sort of historical narra-

가 들려주는 이야기 같다. 소설 속 인물들이 여고생의 보물지도를 들고 그것의 진위를 놓고 갑론을박하지만 '나'의 결론에 모두 동의한다. 나는 이렇게 말한다. "거짓말을 믿는다고 해서 세상이 망하지는 않지." 그렇다. 인생이나 여행의 끝에 보물이 없다고 해도 그것이 의미 없는 것은 아니다. 그것을 찾아가는 두근거리는 현재가 바로 인간의 살아있음(人生)을 말해주기 때문이다.

tive, Yoon's story allows readers to enter her narrative's present and cheerily live alongside her characters. As suggested by the fantastical elements of the story, such as the ghost of the twin appearing in several scenes, this story is set in an imaginary place and time difficult to pin down precisely; its characters are entirely literary inventions rather than portraits. Nevertheless, the story's lack of connection to historical facts does not make the reading experience any poorer or its characters any less relatable; the present that Yoon conjures is captivating enough.

Some may say that fiction must serve a secondary purpose derived from its interpretation, a moral, perhaps, and that this story seems to lack any sense of one. Perhaps, one of the story's treasure-hunting scenes from earlier can address this concern. Upon discussing conflicting opinions regarding the high school girl's treasure map's ultimate validity, everyone still agrees with the protagonist's final assessment of the situation: "The world doesn't collapse just because you believe in a lie." Indeed, just because there is no treasure at the end of Yoon's story does not mean one's journey or life has been meaningless. The present we inhabit as

we search eagerly for what we seek is the proof
enough that we are alive.

비평의 목소리

Critical Acclaim

윤성희 소설을 지배하는 상세한 묘사의 근본 개념은 가시적인 것(표정, 몸짓, 행동, 경관)은 어떤 불가시한 것(경험, 마음, 진실)의 상관물, 그것도 가장 리얼한 상관물이라는 생각이다. 윤성희는 한 개인의 일상생활을 구성하는 자잘한 행동과 사건을 꼼꼼하게 그려내는 가운데 그것들이 그 개인의 삶의 현실 혹은 실체의 표현으로 화하는 특별한 순간에 집중한다. 윤성희가 그리는 개인의 생활은 반경이 좁고, 내용이 빈곤하지만, 그럼에도 그 세목은 개인 자신이 발설하지 않는, 혹은 미처 알지 못했을 감춰진 욕망, 관계, 상황을 현현시키는 작은 기적을 언제나 준비하고 있다. **황종연**

The fundamental idea behind the meticulous details that dominate Yoon Sung-hee's works is that the visible elements (facial expressions, gestures, actions, sceneries) are the correlative, or rather the truest form of correlative that stand for the invisible (experiences, feelings, truth). In depicting the little actions and incidences that make up an individual's life, she focuses on the special moments when they epitomize the reality or the true nature of a person's life. The life of an individual conjured by Yoon Sung-hee tends to exist across a small scope and suffers from poverty of content. These particulars are ripe for little miracles that manifest the desires,

윤성희 씨의 소설은 문장에 부사가 없지요. 형용사도 썩 제한되어 있습니다. 장면이 제시된 다음 설명이 뒤따르되, 논리적 맥락을 암시할 뿐 건너뛰기로 되어 있지요. 삶의 부조리를 유머러스하게 처리한 까닭이겠지요. 이를 잘 음미하자면 다른 작품이나 작가의 경우도 그렇지만 독자 측에서도 상당히 공을 들여야 합니다.

김윤식

　윤성희 소설의 개성이자 장점은 여전히 비루한 주변부 모더니티의 개체적 삶의 국면을 생생하게 부려 놓으면서도 그것을 다른 어떤 관념적 내러티브로 채색하거나 섣부르게 미학화하지 않는다는 데 있다. 그런 가운데 작가는 어느 것으로도 환원되지 않는 존엄한 개체로서의 자기긍정을 통해 이 후기 근대의 냉혹한 삶을 견디며 딛고 가는 다양한 개인주의적 삶의 양태를 예민하게 포착한다. 작가는 그러면서도 그 주변부적 삶이 안고 있는 근원적인 고통과 슬픔을 결코 무화시켜버리거나 해소해버리지도 않으며, 다른 것으로 대체해버리지도 않는다. 첫 소설집 『레고로 만든 집』에서도 그랬듯, 『거기, 당신?』에서도 역시 다른 어떤 것으로도 환원되지

relationships, and situations the individual would rather not articulate or has not yet come to realize.

Hwang Jong-yeon

Yoon Sung-hee's stories don't have adverbs. She uses adjectives sparingly, too. She sets her scenes up, and follows these with an explanation, but the logical context of the scene she only hints at and often skips over. Perhaps, this is a way of painting the absurdity of life in a humorous light. To fully appreciate this—and this applies to reading in general regardless if it's Yoon Sung-hee's works or another writers'—the reader must put a great deal of work into it.

Kim Yun-sik

The major identifying characteristic and strength of Yoon Sung-hee's writing is that, while vividly evoking the aspects of lives in the still-lowly periphery of modernity, she does not hastily turn these lives into ideological narratives or aesthetic props. Instead, she delicately captures various portraits of individualistic life braving the harsh, postmodern world by affirming the self as an irreducible, dignified being. Still, Yoon does not try to

않는 주변부 모더니티의 고통과 슬픔은 여전히 윤성희 소설 미학의 중심에 자리잡고 있는 삶의 진실이다. 스피디한 문체에 실려 겉으로 가볍고 경쾌해 보이는 윤성희 소설이 역설적이게도 묵직한 슬픔의 여운을 남기는 것은 그 때문이기도 하다.

김영찬

윤성희의 『거기, 당신?』에 수록된 단편들에 등장하는 인물들은 외롭다. 전작 『레고로 만든 집』의 단편들에서도 두드러진 점이었던 바, 그들 중 몇몇은 경제적 궁핍 속에 홀로 있으며, 그 주위에는 친구나 그밖의 도움을 줄 만한 사람들이 없다. 혹은 가족이나 친구가 없는 것도 아니고 직장이 없는 것도 아니어서 그보다는 좀 사정이 나은 경우에도 그들은 대체로 외롭다. (……) 감정이 이입되지 않는 일상적 시선과 어조를 통해 말함으로써 고통스러운 감정에 대한 동정과 연민을 절제하는 유머는 「유턴지점에 보물지도를 묻다」와 「길」에서도 발견된다. 그리하여 윤성희 소설은 연민과 유머 사이에서 가까스로, 그러나 교묘하게 균형을 잡는 데 성공한다.

이수형

dismiss or solve the fundamental pain and sadness of life on the margins, nor does she replace them with something else. As in her first collection of stories, *House of Legos*, the truths of life that occupies *You There?* is the pain and sadness of those who dwell in the periphery of modernity, which must never be reduced. This is why the stories of Yoon Sung-hee, so cheerful, ostensibly light and fast-paced, ironically leave a grave, sad echo.

Kim Yeong-chan

The characters in the Yoon Sung-hee's short story collection *You There?* are lonely. This was a pattern many observed in the characters of her previous collection *House Of Legos*—most of them being alone, in their financial poverty, and lacking any friends or anyone else for help. Even her characters in slightly better circumstances, possessing families, friends, and jobs tended to be lonely. [...] In "Burying a Treasure Map at the U-turn" and "Road." one can once again find the type of humor that refrains from pity and sympathy by employing emotionally detached, neutral perspectives and tones. Her stories, thus, succeed in striking a delicate balance between pity and humor.

Lee Su-hyeong

윤성희

1973년, 아직 봄이 되기 전의 늦은 겨울 디근자로 지어진 한옥의 셋방에서 태어났다. 텔레비전을 사랑했던 오빠를 위해 가난하고 알뜰했던 젊은 부부는 다리가 달리고 미닫이문이 있던 커다란 흑백텔레비전을 샀다. 텔레비전 다리 아래에서 아침잠을 깨던 아이는 지금까지 그 화면의 서사와 음악, 그리고 그것이 보여주는 세상의 모습을 사랑하는 사람으로 자라났다. 1979년 초등학교에 입학한 윤성희는 북유럽의 드라마 〈말괄량이 삐삐〉를 너무 좋아한 나머지 삐삐처럼 나무를 오르고 벽에서 뛰어내리는 아이가 되었다. 삐삐를 사랑한다고 삐삐가 되는 법은 아니다. 현관 유리에 다리를 크게 다치는 사고가 나고, 병원을 나오는 윤성희 눈에 만두가게에 쌓여 있는 만두가 보였다. 만두를 너무나도 먹고 싶었던 그녀는 만두를 사랑하는 아이로 자라고 소설 속 주인공 모두에게 이 취향을 부여한다.

1985년 치마밖에 입지 못하는 중학교로 진학한 윤성희는 학교를 졸업한 이후 지금까지 단 한 번도 치마를

Yoon Sung-hee

Yoon Sung-hee was born in 1973 just before spring in a rented room of a very traditional u-shaped Korean home. Her parents—poor, frugal, and young—bought a large black and white television with legs and a sliding door over the screen for her television-mad older brother. Yoon used to wake each morning directly beside this television and grew to love the narratives and music she saw on the world of the screen. Then, in 1979, Yoon started elementary school and also fell in love with the Northern European TV series *Pippi Longstocking*. She enjoyed this series so much that she began climbing trees and hopping off walls like Pippi. However, as Yoon would sadly later learn, a tremendous fan of Pippi does not make a Pippi make. After a major accident that involved Yoon crashing into the glass of her front door, Yoon happened to see a pile of dumplings in the display window of a dumpling store while heading home from the hospital. At that moment, she wanted dumplings so badly that she grew to love dumplings and applied

입지 않았다고 한다. 그 시절을 윤성희는 공부는 썩 잘하지 못했고, 글을 쓰면 평범하다는 소리를 들었으며, '들국화'의 노래를 좋아하고, 잠들기 전 시를 외워 자신에게 암송하던 나날이라고 얘기했다. 고등학교에 진학한 윤성희는 누구보다 먼저 교실에 등교한 사람만이 알수 있는 빈 교실의 적요(寂寥)를 사랑하게 되었으며, 문학과지성사의 시인선을 알게 되었지만, 누구도 그녀의 글을 읽고 칭찬하지 않았다고 한다. 그렇게 소녀의 시적은 빈 교실처럼 고요하지만 쓸쓸하게 지나갔다.

1991년 청주에 있는 대학에 입학한 윤성희는 전공보다는 문학잡지를 뒤적이는 시간이 많아졌으며, 그것이 자신에게 강렬한 즐거움을 준다는 사실을 알게 되었다. 그녀는 대학을 졸업하고 다시 서울에 있는 대학의 문예창작학과에 입학하게 된다. 1995년 4월 처음 원고지 사십 매 분량의 단편소설을 쓰게 되었다. 한 줄을 겨우 쓰고 어떻게 해야 할지 몰라 힘겹게 한 줄 위에 또 한 줄을 쌓아갔지만 그 순간의 희열은 단 한 번도 경험해 보지 못한 것이었다. 그리고 그녀는 무엇인가를 읽고 쓰는 삶을 살고 싶다는 막연한 생각을 선명하게 가다듬게 되었다. 소설을 쓰는 사람이 되고 싶다는 분명한 희망

this trait to all of her protagonists.

In 1985, Yoon Sung-hee entered middle school where she was dismayed to learn she was allowed to wear nothing but skirts. Following her graduation, though, Yoon reportedly chose never to wear another skirt for as long as she lived. But back to her middle school days, Yoon supposedly did not get very good grades and her writing was considered plain. She loved songs by the folk band *Deul-gukhwa*, and would recite poems by heart to herself before she fell asleep. In high school, she came to love the calm of an empty classroom which she knew was accessible only to those who got to school before anyone else. She became familiar with the Munji Poets Series—but no one praised her writing. Her peaceful, but lonesome girlhood thus passed her by.

Yoon Sung-hee spent more time looking through literary magazines than reading her concentration's books when she entered college in Cheongju in 1991. She realized that doing so afforded her an intense joy. After college, she moved to Seoul to attend another college to study creative writing. In April 1995, she wrote her first short story of forty manuscript pages. When she first began she wrote

으로.

　대학을 졸업하고 취직을 하였지만 그때의 경험이 그
녀에게 준 것은 문장에서 가장 중요한 것은 아름다움이
아니라 정확함이라는 사실뿐이었다. 1998년 가을 윤성
희는 어떤 이야기를 떠올리고, 일주일에 걸쳐 이 생각
을 글로 옮기고, 보름에 걸쳐 하루에 다섯 매씩 차근차
근 원고를 고친 후에 한 편의 소설로 완성한다. 소설을
신춘문예에 투고하고 일본으로 배낭여행을 가던 윤성희
는 부산역 광장에서 자신의 이름을 호명하는 방송을 듣
게 되고 그것이 자신이 투고한 소설의 당선 소식임을 알
게 되었다. 그렇게 그녀는 소설을 쓰는 사람이 되었다.

　소설을 쓰면서 윤성희는 신춘문예 심사평에 적혀 있
던 심사위원들의 말, 이 작가가 좀더 새로워지고 힘 있
어지길 바란다는 말을 항상 염두에 두었다고 한다. 새
로움과 소설이 가질 수 있는 혹은 누군가에게 전해줄
수 있는 힘은 윤성희에게 창작을 추동하는 가장 근원적
인 사유가 되었다. 윤성희는 등단하고 3년 만에 첫 번째
소설집『레고로 만든 집』을 출간하고, 다시 몇 년 후 두
번째 소설집『거기, 당신?』과 세 번째 소설집『감기』를,
2010년 첫 장편소설『구경꾼들』을, 2011년 네 번째 소설

one sentence and then did not know what to do next. It took her a great deal of effort to build a story, sentence after sentence, but it also gave her a thrill she had never before experienced. Her vague aspirations to live a life of reading and writing became more realistic and clear through that one experience—and this began her real hopes now that she might one day actually become a novelist. Yoon graduated from college and got a job but the only experience she took away from this was that the most important purpose of a sentence is accuracy, not beauty. In the fall of 1998, Yoon thought up another story, wrote it down over the course of a single week, carefully revised it five pages at a time over the next two weeks, and her story was complete. She entered this story in a Spring Literature Contest and was on her way to Japan for a backpacking trip when she heard her name over the loudspeaker at the Busan Station Plaza and realized she had won. She was now a novelist.

When she writes, Yoon continues to keep the advice of her the Spring Literary Contest judges in mind: "We hope this writer continues to evolve and grow in strength." Originality and the strength that

집 『웃는 동안』을 출간하였다. 그 사이 그녀는 단편 「유턴지점에 보물지도를 묻다」로 제50회 현대문학상을, 『거기, 당신?』으로 제2회 '올해의 예술상' 문학 부분 우수상을, 「하다만 말」로 제14회 이수문학상을, 「부메랑」으로 제11회 황순원문학상을 받았다. 문학상이 그녀의 소설이 가진 훌륭함을 모두 말해주는 것은 아니지만 문단의 동료들과 독자들이 그녀의 소설에 대해 갖고 있는 신뢰를 어느 정도는 알려줄 수 있다고 생각한다. 그렇게 그녀는 소설을, 아니 좋은 소설을 쓰는 사람으로 살고 있다.

stories afford to readers are the two fundamental drives that propels her creative process. Her published works include her first short story collection, *House of Lego* that was published three years after her debut, her second and third short story collections, *You There?* and *Influenza* a few years after that, her first novel, *Spectators* in 2010, and her fourth short story collection, *While You Laugh* in 2011. "Burying a Treasure Map at the U-turn" received the *Hyundae Munhak* Literary Award, *You There?* won the Arts Award of the Year Commendation Prize in Literature, "Half-Spoken Words" received the Yisu Literary Award, and "Boomerang" received the Hwang Sun-won Literary Award. Yoon often finds that awards do not determine the value of her writing, but she does believe it says something about the faith other writers and readers have in her work. She continues to live and write stories—good ones.

번역 **이지은** Translated by Lee Ji-eun

이지은은 하버드대학교에서 한국 문화와 문학으로 박사 학위를 받았으며, 현재 세
인트루이스에 위치한 워싱턴대학교에서 조교수로 재직 중이다. 미네소타대학, 토
론토대학, 다트머스대학 등에서 강의를 했으며, 브리티시 컬럼비아 대학교에서 한
국국제교류재단(Korea Foundation)의 박사 후 펠로로 연구를 했다. 하와이대학교
출판부에서 출간될 예정인 첫 연구서에서는 1890년대에서 1930년대 여성 담론의
형성 및 전개 양상을 다루었고, 현재는 냉전 시대 이후의 한국 문학에서 기억의 문
제, 그리고 일제강점기 여성 작가들의 가정과 여행에 대한 두 가지 연구를 병행하고
있다. 문학작품의 번역에도 관심이 많아 현재 몇 가지 번역 작업을 진행 중이다.

Lee Ji-eun received her Ph.D. in Korean Literature and Culture from
Harvard University and is currently working as an assistant professor
in the Department of East Asian Languages and Cultures, Washington
University in St. Louis. Before arriving at Washington University,
she taught and conducted research at the University of Minnesota,
University of Toronto, Dartmouth College, and the University of British
Columbia as Korea Foundation Post-doctoral Fellow. Her first book
Women Pre-Scripted: Gender and Modernity through Korean Print,
1896-1934 (University of Hawaii Press, forthcoming) concerned
discourse on modern womanhood from the 1890s to 1930s. Dr. Lee
is currently working on two writing projects: a book-length study
on memory and space in post-Cold War era Korean literature; and
domesticity and travels by Colonial Korean woman writers. Dedicated
also to translation of literary works, she has several on-going translation
projects.

감수 **전승희, 데이비드 윌리엄 홍**

Translated by Jeon Seung-hee and David William Hong

전승희는 서울대학교와 하버드대학교에서 영문학과 비교문학으로 박사 학위를 받
았으며, 현재 하버드대학교 한국학 연구소의 연구원으로 재직하며 아시아 문예 계
간지 《ASIA》 편집위원으로 활동 중이다. 현대 한국문학 및 세계문학을 다룬 논문
을 다수 발표했으며, 바흐친의 『장편소설과 민중언어』, 제인 오스틴의 『오만과 편
견』 등을 공역했다. 1988년 한국여성연구소의 창립과 《여성과 사회》의 창간에 참
여했고, 2002년부터 보스턴 지역 피학대 여성을 위한 단체인 '트랜지션하우스' 운
영에 참여해 왔다. 2006년 하버드대학교 한국학 연구소에서 '한국 현대사와 기억'
을 주제로 한 워크숍을 주관했다.

Jeon Seung-hee is a member of the Editorial Board of *ASIA*, and a Fellow at the Korea Institute, Harvard University. She received a Ph.D. in English Literature from Seoul National University and a Ph.D. in Comparative Literature from Harvard University. She has presented and published numerous papers on modern Korean and world literature. She is also a co-translator of Mikhail Bakhtin's *Novel and the People's Culture* and Jane Austen's *Pride and Prejudice*. She is a founding member of the Korean Women's Studies Institute and of the biannual Women's Studies' journal *Women and Society* (1988), and she has been working at 'Transition House,' the first and oldest shelter for battered women in New England. She organized a workshop entitled "The Politics of Memory in Modern Korea" at the Korea Institute, Harvard University, in 2006. She also served as an advising committee member for the Asia-Africa Literature Festival in 2007 and for the POSCO Asian Literature Forum in 2008.

데이비드 윌리엄 홍은 미국 일리노이주 시카고에서 태어났다. 일리노이대학교에서 영문학을, 뉴욕대학교에서 영어교육을 공부했다. 지난 2년간 서울에 거주하면서 처음으로 한국인과 아시아계 미국인 문학에 깊이 몰두할 기회를 가졌다. 현재 뉴욕에서 거주하며 강의와 저술 활동을 한다.

David William Hong was born in 1986 in Chicago, Illinois. He studied English Literature at the University of Illinois and English Education at New York University. For the past two years, he lived in Seoul, South Korea, where he was able to immerse himself in Korean and Asian-American literature for the first time. Currently, he lives in New York City, teaching and writing.

바이링궐 에디션 한국 대표 소설 064

유턴지점에 보물지도를 묻다

2014년 6월 6일 초판 1쇄 인쇄 | 2014년 6월 13일 초판 1쇄 발행

지은이 윤성희 | 옮긴이 이지은 | 펴낸이 김재범
감수 전승희, 데이비드 윌리엄 홍 | 기획 정은경, 전성태, 이경재
편집 정수인, 이은혜 | 관리 박신영 | 디자인 이춘희
펴낸곳 (주)아시아 | 출판등록 2006년 1월 27일 제406-2006-000004호
주소 서울특별시 동작구 서달로 161-1(흑석동 100-16)
전화 02.821.5055 | 팩스 02.821.5057 | 홈페이지 www.bookasia.org
ISBN 979-11-5662-018-1 (set) | 979-11-5662-028-0 (04810)
값은 뒤표지에 있습니다.

Bi-lingual Edition Modern Korean Literature 064

Burying a Treasure Map at the U-turn

Written by Yoon Sung-hee | **Translated by** Lee Ji-eun
Published by Asia Publishers | 161-1, Seodal-ro, Dongjak-gu, Seoul, Korea
Homepage Address www.bookasia.org | **Tel.** (822).821.5055 | **Fax**. (822).821.5057
First published in Korea by Asia Publishers 2014
ISBN 979-11-5662-018-1 (set) | 979-11-5662-028-0 (04810)

바이링궐 에디션 한국 대표 소설 set 4